JN094865

流転

RUTEN

新井 多志郎
ARAI Tashiro

文芸社

流転　◆目次◆

塀の中にて――5

転落の始まり――20

栄転先での罠――43

逮捕、そして逃避行――55

暴力団幹部となって――85

ホームレスから職を転々とする――92

再会と新たな出会い――110

めぐみとシルビア――130

新宗教の教祖――144

フィリピンでの暮らし――163

出直しの新商売――172

人生の終末を見つめて――186

塀の中にて

今、俺は刑務所にいる。松江刑務所の独房だ。懲役五年で服役し、もう二年が過ぎた。面会は一度もない。罪名は強盗致傷だ。でも冤罪だ。裁判で俺は犯行を否認し、無実を訴えたが、国選弁護人は俺の味方をしてくれなかった。審理は一回で判決になってしまった。

「被告人を懲役五年に処す」

俺の過去の経歴が、この裁判の結果に大きく影響したのは間違いない。逮捕された当時、俺はホームレスだった。東京から大阪そして山陰に流れ着き、鳥取県の米子の公園で寝起きしていた。

刑務所での生活は、起床後に朝食を済ませると、作業所での刑務作業を朝八時から昼食をはさんで夕方五時までおこなう。俺は独房に入っているが夜間のみの独房なので、昼間は作業所で他の受刑者と一緒に作業する。作業終了後は十五分間の入浴。そして夕食を食べ、そのあとは寝るだけだ。新聞もテレビもない。やることがない。

そこで俺は二ヶ月前ほどから、自分の人生の「回顧録」を書き始めた。刑務所内で支給された大学ノートと鉛筆で、今夜も書いている。消灯時間の夜九時までが執筆時間だ。今の俺にとっては、これを書く時が唯一の安らぎの時間となっている。当時の記憶を辿りながら書く。まずは、米子でホームレスをやっていた頃のことを記す。

俺が鳥取に来たきっかけは、東京でホームレスをやってた時に拾った古新聞を見て、住み込み食事付きの工場勤務の仕事にありついたからだ。派遣会社で「鈴木一郎」と名乗り、それまでの経歴と名前を消した。タコ部屋に押し込まれ、犯罪歴のある者ばかりの工場で働いた。

半年勤めた頃に大地震が起きて、工場が崩壊した。他の連中は次の現場に移動したが、俺は奴らと同居していたら自分が駄目になると思い、仕事も家もない生活を選択した。工場勤務の時はピンハネされて月二万八千円の給料だったが、掛け持ちでバイトもしていたので、通帳には十五万円貯まっていた。仕事が見つからなければすぐに尽きてしまう額だったが、馴染みの居酒屋のママや常連さんたちに助けられ、タクシー運転手をしたり、貿易会社に就職したり、それからも本当にいろいろなことがあった。それらは追々書いていくが、結局、俺は米子でホームレス生活をすることになったのだ――。

駅裏に小さな公園があったので、そこの東屋をねぐらとした。小さなベンチと一応、屋根があるので雨露はしのげた。ダンボールを集めて風よけを作った。あとは食料だ。水とトイレは公園だから完備している。

公園から歩いて十分ほどのところに飲み屋街があるので、ゴミ箱をアサれば何かあるだろうと思った。金は、空缶を集めて鉄クズ屋に持ち込めばいくらか入る。駅のゴミ箱をこまめに見ていけば雑誌が捨てられている。それを集めて一冊十円で売る。東京時代はそれで収入があった。ここは東京と違う利点がある。ライバルがいないことだ。米子ではホームレスは俺一人だから、ゆっくり探せる。

公園だから小さな子供連れの奥様も来る。俺がダンボールを被って寝ていると、

「近くに行っちゃダメよ。汚いから」

と子供に言うのが聞こえるが、そんなの全然気にならない。

手持ちの現金は三十円になった。明け方に飲み屋街に行き、ゴミ箱からその日の食料を調達する。この日はローストビーフとポテトフライと炒飯をゲットできた。拾ったビニール袋に入れて、ついでに道路に落ちているシケモクも拾う。十分くらいで二十本集めた。これで何日分かある。口紅のついたのもある。キャバクラの娘が吸ったやつだろう。その娘を想像して間接キスだ。旨かった。

駅のゴミ箱をかき回すと週刊誌が五冊集まった。まず自分で読んでから駅前で販売して、五十円が手に入った。おもに学生に一冊十円で売れるのだ。特に男子高校生は過激な女性ヌード写真が載っている雑誌がお気に入りで、即売れる。

こんな生活をしていたが、日によっては収入ゼロで空腹になることも多い。三日間、公園の水だけ飲んでいた時もあった。東京の公園にいるホームレスには、週二、三回、教会とかボランティア団体による炊き出しがあった。豚汁とかカレーなんかが食えたのだ。しかし、ここの公園にはホームレス自体が俺しかいないので、炊き出しなんて有り得ない。

空腹が限界になって、俺は考えた。万引してわざと捕まって、警察に連行されて二、三日留置場に入れば飯が食えるな……と。それを実行することにした。

駅前のコンビニに行って、弁当と飲み物をわざとわかるように服の中にしまい、店を出たら店員に捕まった。予定どおりだ。やがて警察官が二人来て、俺を警察署に連行した。これも予定どおりだ。取調室で刑事からいろいろ質問された。

「これが初めての犯行か?」

「いえ、時々やってましたが、捕まらなかったです」

「常習か。今回は運が悪かったということだな?」

「いえ、逆です。わざと捕まるようにやりました」

「どういうことだ」

「警察に捕まれば、何日か留置されて飯が食えると思ったからです」

するとと刑事は俺を睨みつけて怒鳴った。

「ふざけんな！　警察は食堂や旅館じゃないぞ。飯が食いたいって、お前、それは税金でやってるんだ。そんなことも知らないのか？」

「刑事さん、腹へって倒れそうです。もう四日、水しか飲んでません。泊めてください。そして食わせてください」

俺はそうお願いした。

「ここは福祉施設じゃない。まあ、取調べがあるから、今日は泊まってもらうが」

「ありがとうございます」

「その前に、身元がわかるもの何か持ってないのか？」

身体検査をされたが、財布と免許証などの身元がわかるものは、公園のプレハブ用具小屋の床と地面のすきまに隠してきた。

「名前は鈴木一郎。五十七歳。住所不定です」

「住所不定？　どこに住んでるんだ？」

「いえ、あの、駅とか公園とか、その日暮らしです」

「お前、浮浪者か？」

「一応、ホームレスと言います」

「それじゃ、家族とか身元引受人はいないのか？」

「そんな人、誰もいません」

「身元引受人がいないと、帰すわけにいかない。しばらく泊まってもらうぞ」

「ありがとうございます！　泊めてください」

「お前、それを望んでるのか？」

「はい、望んでいます！」

　刑事はもう一人の刑事と「困ったな」と顔を見合わせた。

　俺は『もうしません』という誓約書を書かされ、指紋と掌紋を取られ、顔写真と全身写真を撮られた。「上司に相談する」と言って、刑事の一人が部屋を出ていった。指紋照合をされたら、前の事件のことが判明してしまうかも知れないと心配になったが、田舎の警察には俺のデータはなかった。警視庁も大阪府警も縦割り行政、縄張意識で他県には情報も行かないようで助かった。

　刑事が戻ってきて、今日一泊で明日釈放すると言われた。

「刑事さん、せめて一週間くらい泊めて食わせてくださいよ」

と俺は食い下がる。

「税金のムダ使いはできない。明日、出ろ」

夜に食事が出た。煮物と肉だんご、味噌汁、ご飯だ。おかずは冷えていたが旨かった。白飯は久しぶりだ。その晩は留置場の布団でぐっすり眠れた。翌朝八時の朝食は、焼き魚、梅干、味つけ海苔、味噌汁と白飯だ。焼き魚はやっぱり冷たかったが、これも満足した。

午前中は取調室で書類を書かされ、昼に釈放らしい。刑事が、

「お前、ろくなもん食ってないんだろ？　俺の自腹で食いたいもの食わしてやるから、何がいい？」

と言ってくれた。俺は「カツ丼が食いたい！」と大声で答えた。

「よし、出前とってやる。それを食ったら出てけ。もう来るなよ」

「はい、もう来ません」

昼になり、カツ丼が来た。刑事さんにお礼を言い、カツを一切れ一切れゆっくり味わった。ご飯一粒も残さず、久しぶりのカツ丼に満足した。

こうして俺は警察署から釈放されたが、一泊二日の泊まりで旨い物を食べられた。

ところが公園に戻ると、あの用具小屋が撤去されて跡形もなくなっていて、床下に隠した免許証や財布もなくなっていたのだ。俺は慌てて地面を掘ったが、どこにもなかった。これがの

ちに大きな事件に発展するのだが、楽観的な俺は「必要になったら再発行すればいいか」と思い、財布にも三十円しか入っていなかったから、まあいいやと諦めた。

またホームレス生活が始まったが、そこからは特に食い物に困ることもなく、雑誌の売上げと食料調達は順調だった。

ある日、駅前のほうでパトカーのサイレンがうるさいなという日があった。交通事故だろうと考えながら、公園でダンボールを被って寝ていた。すると通行人の会話が聞こえた。駅前の宝石店に強盗が入って、店主に傷を負わせて逃走したらしい。こんな平和な町でもそんな事件が起きるんだな、と思った。

翌日、いつものように公園で寝ていたらパトカーが二台来て、警察官が十人ほど公園に入ってきた。そして、ベンチで寝ていた俺を取り囲んだ。

「高木さんですね。警察でお話を伺いたいので、ご同行願います」

「えっ、俺が何かしたんですか?」

「それを詳しくお聞きするので、ご同行願います」

有無を言わさずパトカーに押し込められた。ただ、任意とかで手錠はされなかった。

この間釈放された警察署に連行されると、身体検査を受け、取調室に連れていかれた。前回の部屋ではなく、上階の取調室だった。前回と担当する事件が違う部署だったからだ。前は窃盗犯で、今回は殺人や強盗などの強行犯を取り扱う部署らしい。刑事が俺に問う。

「あなたは昨日夜十一時頃、どこで何をしていましたか？」

「俺は、あの公園で寝てました」

「それは証明できますか？」

「いや。夜の公園なんて誰もいないから、証明なんてできないです」

「あなたは昨日夜十一時頃、駅前の宝石店で店主をナイフで刺し、宝石を盗んだんじゃないですか？」

「ちょっと待ってください。俺は公園で寝てただけで、駅前にも行ってませんよ」

「証明できますか？」

「できません」

それしか答えようがない。

「実は店内に、あなたの免許証が落ちていました。指紋を調べたら、先日の万引の時に採取した指紋と一致した。お前がやったんだろ？　そうだな」

「俺はやってません。免許証は公園の用具小屋の下にしまっておいたら、なくなってたんです。誰かが持っていって悪用したに違いないです」

「お前は万引だけでなく、大阪でヤクザをやっていたな。調べはついてるんだよ！」

刑事は机をバンと叩き、声を荒げた。

「宝石はどこに隠した？　白状しろ！」

「本当です、俺はやってない！」

夜中まで取調べが続いたが俺は否認し続けた。

翌朝、先日の万引の取調べで担当した刑事が来た。

「お前、またここに来てしまったな。偽名を使ってたのか？」

「すみません、事情があって鈴木一郎は偽名でした。でも俺は強盗なんて絶対やってません。信じてください」

刑事はフンと鼻息をはき出ていった。

俺に対する逮捕状が出て、目の前で読み上げられた。ここで手錠をかけられた。留置され、毎日取調べを受け、「やりましたと素直に言え！」と迫られるが、「やってないものはやってません」としか言いようがなかった。

十日間拘留され検察庁に送られた。検事に同じ尋問を受けたが、すべて否認した。警察署に戻されたあとさらに十日間拘留され、否認のまま裁判になった。

俺についた国選弁護人は「早く認めれば罪が減刑になることもあるから、早く素直に認めたほうがいい」と言う始末だった。

結局、審理一回で判決になり、懲役五年が確定した。弁護士は控訴はしてくれなかった。警察、検察も、弁護士さえも先入観、つまり俺の過去の犯罪歴や、ヤクザの幹部だったことから俺を犯人と決めつけた完全に見込み捜査だった。「こいつがやったに違いない」との思い込み捜査だ。冤罪事件があとを絶たないのは、捜査側の「思い込み、決めつけ」が原因だと思う。それも冤罪で有期刑ならまだしも、死刑判決が下りて刑が執行されたら取り返しがつかないのだ。

そんなわけで今、俺は刑務所で服役している。毎日三食出るから、ホームレスの時より食はマシだが、自由が拘束されているのがつらい。

ホームレスは、どこへでも歩いていける。酒だってタバコだって手にすることもできるのだ。

「早く出たい」が、俺の今の願いだ。

独房だから誰とも話せない。作業場では私語禁止だ。人間、誰とも会話をしないことがこんなにつらいことなのかと実感した。ここでは名前もない。俺は281号だ。

俺の免許証を使って高価な宝石をたんまりと手に入れた真犯人は、今頃どんな贅沢をしているんだろうと思うと許せない。怒りが湧いてくる。そもそも、こんなことになるなんて考えてもいなかった。寝ながら昔のことを思い出す毎日だ。

大学を出て銀行員になって順調に出世していた頃のこと。めぐみと出会って幸せだった頃のこと。交通事故を起こしてしまいヤクザと関係ができたこと。やがてヤクザの組長から頼まれ幹部になったこと。銀行をクビになり、ヤクザの内部抗争で外国に逃亡したり、国や役人、議員の裏の顔を知ってしまい、ヤクザだけでなく警察や公安にまで追われ、殺されかかってホームレスに落ちたこと。そして、今は冤罪で逮捕され服役中。……それらの出来事が次々と浮かんでくる。

めぐみは死んだ……。生きてる時にもっと幸せにしてやりたかった。無性に会いたくなる。天国に行ってめぐみと再会したい。でも、めぐみはそれを許さないだろう。

「あなたはまだまだやるべきことがあるのよ。私の分まで生きて」

そんなめぐみの声が聞こえてくる。だが俺は、自分の「やるべきこと」がまだわからないでいる。服役の日々を過ごしながら刑期を終えるのか？　模範囚として早く出所して、もう一度やり直して人生の晩年を生きるのか……。そんなことを考えながら今夜も眠りにつく。そもそも俺の人生、振り返ってみて何の意味があるのか……？

やがて眠ってしまい、夢を見た。夢の中で、東京の公園で初めてホームレスになった時の出来事が浮かんできた。新宿の中央公園にいた頃のことだ。

「おい、起きろ。また仕事にありつけないぞ」

声の主は元高校教師の江成先生だった。

「はい、すぐに並びます」

俺はここに来て三ヶ月目。公園の植木の中の一角に、ダンボールで寝床を作っていた。何に並ぶのか。毎朝六時に日雇いの仕事で人集めにくる紹介業者が来るのだ。この公園には約百人のホームレスがいる。紹介業者は、土木工事やトイレ掃除、ガードレール拭きなど仕事のために俺たちを集めに来るのだ。日給は六千円で弁当がついてくる。皆、弁当と六千円目当で並ぶ。でも、その日によって必要な人数が違う上に、多くても二十人とか、少ないと六人とか、競争率が高いのだ。

俺はこの公園に来てからまだ二回しか仕事にありつけていない。最近は抽選になったので、確率はさらに落ちた。運よく日当を得たら、旨い物を食って酒が飲める。タバコだって買える。今日は並んだが抽選に落ちてしまった。当選した者たちはバスに乗って仕事に向かった。

俺は江成先生と、日課である空缶拾いとダンボール集め、そして雑誌拾いを始めた。業者に持っていけば五十円か百円で買ってくれる。お金が入れば酒を買ってチビチビ飲める。

月曜日と金曜日は、近くの教会やボランティア団体が炊き出しをやってくれて、豚汁やカレー、おにぎりが貰える。一気に腹に流し込み、また列に並んで二度食べるのだ。炊き出しがない日は、歌舞伎町にまで足を延ばして、飲食店やファストフード店のゴミ箱をあさる。残飯あさりだ。日によってはローストビーフや刺身にもありつける。一応、においを嗅いで確認してから口に入れる。腹を壊して三日間下痢で苦しんだこともある。保険証なんてないから医者にも行けない。食い物がなければ、公園の水道の水をガブガブ飲んで飢えをしのぐ。

この日の午後、区役所から委託された業者が四人来た。江成先生が「また一人死んだな」と言った。今月になってもう六回目だ。業者たちがマスクとビニール手袋をして植木の中に入っていくと、しばらくして担架で一人の男が運ばれていった。五十代くらいのホームレスだ。病死か餓死か、月に十人くらいはこの公園でホームレスが死んでいく。誰も手も合わせない。みんな無関心だ。ホームレスが死ぬと無縁仏として処理される。ニュースにもならない。日常茶飯事なのだ。区としても、ホームレスなんていないほうがいい。自然に死んでいなくなるのを望んでいるのだ。野良猫や野良犬と同じ扱いだ。家庭で飼われているペットは、死んだら家族の一員として手厚く供養される。俺たちはペット以下なのだ。

ここにいる人たちだって、好きでホームレスをやっているのはごくわずかだろう。それぞれ事情があって、ここに流れ着いた。江成先生だって、東大進学者を毎年五十人近く出す都内有名校の校長までやった人だそうだ。それがある事件で失脚し、ここまで落ちたとのこと。本人が自分から話さない限り詳しい事情は聞かないのがここのルールだが、元弁護士や元医者、元芸能人もいるそうだ。

俺だって元は銀行の支店長だった。数年前はスーツ、ネクタイ姿で、運転手付きの車で得意先を訪問していた。この公園の前を通ってホームレスを見かけると、軽蔑の目を向け、汚いものを見てツバが込み上げる時もあった。ホームレスたちのことを、人生の怠け者、落伍者、クズと見ていたのが事実だった。その数年後に、この俺が今やホームレスだ。人生何が起きるかわからない。

江成先生は癌に侵されている。

「いつまで生きられるかは、神様しかご存じない。あとくされない生き方も悪くはないよ」

といつも言っている。俺はまだ、その心境にはなれない。

「あんたはまだ若いから、もう一度人生やり直せる。だから、この生活から早く抜け出して働きなさい」と先生は俺に言った。

その一ヶ月後、江成先生は死んだ。前の日まで元気だったのに、俺の隣のダンボールの寝床で冷たくなっていた。区の業者が来て三十分で運んでいった。検視もされることなく、マスクと手袋をした業者が粗大ゴミを処理するのと同じに回収していった。みんな見て見ないふりで、俺だけが手を合わせて送り出した。

江成先生のいなくなった公園のベンチに横になり、俺はこれまでの半生を思い出していた——。

転落の始まり

　東大卒の俺は、大手都市銀行に入社した。この銀行は学閥があり、東大か京大卒でないと将来はない。六大学卒でも東大以外は絶対に出世できず、地方の小さな支店の支店長が最高であった。東大卒の俺は、スタートラインは突破したのだ。そして順調に昇進して、新宿支店の支店長に異例の早さの四十歳で就いた。だが、あと三年、無難に過ごせば本部の部長も見えてくるという頃に、その事件は起きたのだ。

　月一回の全国支店長会議が本部であった日、帰りに顔見知りの支店長たちと打ち上げで酒を飲み、二次会にも繰り出し、終電も終わった深夜一時に解散となった。場所は新宿だったので、帰らずにビジネスホテルに泊まればよかったが、翌日得意先に行く際の説明資料が自宅にあることを思い出し、どうしても帰宅する必要があった。俺はこの日、車で来ていたので、運転代行なりタクシーなりを呼べばよかったのだが、俺の中の悪魔が「大丈夫、こんな深夜、もう警察もいないよ。安全運転で帰れば問題ないよ」と囁いた。

俺は支店の駐車場に置いてある愛車のＢＭＷのキーを回し発進した。自宅は郊外の一等地で、深夜なら三十分もあれば着くだろう。しかし、高速を降り、あと五分ほどで自宅だという県道で、それは起きた。

赤信号で停車し、青になってアクセルを踏んで五秒後に「ガーン！」と前の車に追突してしまったのだ。深夜で交通量も少なく、自分の前に車がいることもわかっていなかった。かなりの酩酊状態だったのだ。

ブレーキを踏み停車すると、前の車から男が首を押さえながら出てきた。白いスーツにサングラス、柄シャツ、いかにも〝その筋〟とわかる男だ。俺のいる運転席の窓ガラスを叩き、「バカヤロー、降りてこい！」と怒鳴っている。俺は車を降りると、すぐに謝罪した。

「申し訳ありません。おケガはありませんか？」

「てめえ、オカマ掘りやがって！　もっとこっちに来い。臭え！　てめえ酔っぱらい運転だな。おい、お前の名刺出せよ」

俺が仕方なく名刺を渡すと、男は俺の車のライトに名刺を近づけ、それを確認した。

「お前、あの大銀行の支店長かい。銀行に知れたら大変なことになるぜ」

「申し訳ありませんでした。お車の修理代は全額出しますので……」

「当たり前だろ！　修理代と、ムチ打ち症の治療費、それに慰謝料だろうが！」

「はあ……、おいくらぐらいでしょうか？」

「バカヤロウ！　今わかるわけないだろ。明日、修理屋と医者に行って、こっちから電話する」

「はい、わかりました……」

サングラス男は首をさすりながら車に乗り込み、去っていった。リアバンパーが大きく破損していた。

俺はこの事故と、ヤクザ風の相手にすっかり酔いがさめて自宅に帰り着いた。見ると、ダイニングテーブルの上に妻のメモ書きと食事が置いてあった。俺の好きなポテトサラダ、明太子と餃子だ。でも今夜は食欲がない。冷蔵庫から缶ビールを出して一口飲んだ。苦かった。

メモ書きには『おかえりなさい。餃子はレンジでチンして召しあがってください。私と息子は二十二時で寝ます。お風呂にも入ってください』とあったが風呂には入らずに寝床に入った。

妻とは三ヶ月ほど前から家庭内別居状態だ。約束した父兄参観日も、仕事を優先して行かなかった。妻の誕生日も忘れていた。妻の口数が少なくなり、夫妻ゲンカもしなくなっていった。ましてセックスは一年前からなくなっていた。先日、妻の寝室に行ってベッドに入り込み、その体にふれようとしたら大声で拒否された。

「イヤ！　私は息子のためにここにいるだけです。あなたとは、もう無理です」

俺は、「わかった、もうしないよ」と伝え、自分の寝室に戻ったのだった。

事故の翌朝は、昨晩の食事を一人で食べて出勤した。妻も息子も出てこなかった。新婚の頃は出勤と帰宅の時に必ずキスをしてくれた。一般的に、女性は子供が生まれると夫から子供に愛情が移って、子供に一〇〇%の母性本能が注がれる。そして〃亭主元気で留守がいい〃となるものなのだ、昔から。

銀行の支店長室に入ると、秘書のめぐみが笑顔で迎えてくれた。

「支店長、おはようございます。本日のスケジュールはこちらです」

「ああ、ありがとう」

「支店長、お顔の色がすぐれないですね。何か心配なことがおありですか?」

「うん、いや、別に大丈夫だよ」

「ローズティーを入れました。どうぞお召しあがりください」

「ありがとう」

午前中は順調に仕事をし、お昼を挟んで、午後一時頃に電話があった。

「支店長、大山様とおっしゃる方が、支店長に代わってほしいとおっしゃっています」

「大山様? ともかく出てみよう。——はい、支店長の高木と申します」

「ああ、昨日はどうも」

「失礼ですが、どちらの大山様でいらっしゃいますでしょうか？」

「どちらの、じゃねえぜ。俺だよ。オカマ掘られた俺だよ」

「あっ……、大変失礼いたしました。今どちらにいらっしゃいますか？」

「あんたの店の前のカフェにいるよ」

「はい、わかりました。すぐにまいります」

俺は秘書のめぐみに、「ちょっと出てくる。一時間で戻る」と告げて店の前のカフェに向かった。

店内を見回すと、一番奥のテーブル席でこちらを手まねきしている紳士がいた。紺のスーツに渋めのネクタイ、黒ブチメガネのサラリーマン風の男だ。見知らぬ男だな、と思いつつ席についてわかった。昨晩のサングラス男だ。

「昨夜はどうも。金額が出たので来ましたよ」

男は書類を見せた。内容は見積書だった。車の修理代百万円、治療費が百万円、慰謝料として一千万円と書いてある。合計千二百万円。俺の年収だ。

「……いくらなんでも、多すぎませんでしょうか？」

「何！　ふざけんな。てめえの一方的な事故だぜ。酔っぱらい運転もあるぜ」

大声で怒鳴るので、店中の視線がこちらに集中した。

「大きな声を出さないでください……！」

「おっ、悪い悪い。ここは穏便に話すわ。千二百万なら、だいぶ安いもんじゃないですか？」

「……わかりました。これですべて終わりにしていただけるなら、明日、お支払いします」

「俺もそんなにワルじゃないからな、これですべてチャラにしますよ」

「それでは明日、現金でお渡しします。二十時にここでいかがでしょう？」

「いいよ」

男は帰っていった。正直ホッとした。千二百万円は痛いが、社内預金がある。千二百万円で明日、事故のことはチャラになるのだ。出世には影響ない。

「支店長、お疲れなのではないですか？」

社に戻ると、めぐみが心配そうに声をかけてきた。

「うん、少し疲れた……。今日は定時で帰る。君もそうしていいよ」

「はい、ありがとうございます。そうさせていただきます」

俺は定時に退社し、めぐみも同時刻に退社した。

帰宅すると、テーブルに妻のメモ書きがあった。

『十二年間ありがとうございました。私は決心しました。息子と出ていきます。探さないでください。あとは弁護士さんから連絡が入ります』

テーブルには、結婚指輪と妻の記入済みの離婚届も置いてあった。俺は落胆した。

「なぜなんだ……。俺は何か悪いことをしたか？　何不自由ない生活をさせてきたのに」

翌日、本部で全国支店長会議が開かれた。当面の議題は、ライバル銀行が社内不正で役員から一般行員まで、テレビ、ラジオ、週刊誌で叩かれている件だ。頭取から訓示があった。

「我が社では絶対に不正はないように、リーディングカンパニーとしての自覚を持ってやってもらいたい」

俺はこの前の件があるので、今日は飲んだらホテルに泊まり、車は運転しないと誓った。

そして夜、指定のカフェでサングラス男に会った。千二百万円は紙袋に入れて用意してある。

「もうこれで、あのことはすべて忘れてくれるんですよね？」

「もちろん、忘れますよ」

男に一筆書いてもらい、金を渡した。心の中で、これでもうこの男とは会うことはない、これで俺の汚点は消えたと思った。

男と別れ自宅に帰ったが、もう誰もいないひっそりとした家だった。妻と正式に離婚したら、この家を手離してマンション住まいにしよう。妻への慰謝料と息子の養育費は、家を売った金で支払おう。そんなことを考えながら、ソファで缶ビールを飲んだ。酔いも手伝ってウトウトし始め、そのまま眠ってしまった。

夢を見た。子供の頃の夢だ。親父にビンタされている。駄菓子屋で万引して捕まって、親父が交番に俺を引き取りに来た。親父は現職の警察官で、当時は警部補だった。交番の若い巡査二人は、親父の名刺を見て立ち上がって敬礼した。

「すみません。息子がやっかいをおかけして申し訳ありません。連れて帰ります」

家に帰るとビンタの嵐だった。俺は小学校二年生だった。

「お前、父親の仕事を何だと思ってるんだ！」

親父は真っ赤な顔で俺を叩き続けた。

「もうしません……」

「当たり前だ！　今度やったら家を出ていけ！」

反省した。でも、俺は中学に入ってからも問題児だったのだ。放課後の教室で、当時つきあっていた彼女を全裸にしてポラロイドカメラで撮影していたのを、何度目かに先生に見つかった。本当はセックスがしたかったのだが、やり方がわからなかったので、彼女の裸を触り、花びらに指を突っ込んだり乳首を吸ったりしていた。俺も全裸になり、彼女が俺の分身をしごいた。思わず発射してしまった。

先生に見つかると、親に連絡が行った。親父のビンタを受けたのはこれで二度目だ。

「お前、自分が何をしたかわかってるか？　十八歳だったら警察行きだぞ！　前科一犯の犯罪者だぞ！　父親が何の仕事をしてるか自覚しろ！」

「すみません、もう絶対に迷惑かけません……！」

だが、高校では暴走族の支部リーダーになり、新宿や池袋をバイクで爆音を響かせて走り、パトカーとカーチェイスもやったし、シンナーも吸い、乱交もやった。その頃の親父は小さな警察署の署長になっていたが、俺は警察に逮捕され、親父にまた迷惑をかけてしまった。

馬鹿なことばかりやりつつも、頭だけはよかったので東大に入り、大学では学生運動に参加して、革マル派の幹部となって暴れまくった。しかしある闘争で、俺は機動隊員に発煙筒を放って放水車に水をかけられ、逃げる途中で石につまづき逮捕された。

警察署に連行され、取調室で親のことを聞かれたが黙秘した。しかし、持っていた免許証から親父の身分がわかってしまった。刑事らは親父の身元を知り、ヒソヒソ相談していた。そして俺は誓約書一枚で釈放されたのだった。忖度されたものと思う。父親からは一言もなかった。たぶん連絡は行かなかったのだろう。俺はここで学生運動から身を引いたが、まもなく浅間山荘事件や集団リンチ事件が起き、学生運動自体が下火になり、大学も平静を取り戻した。

大学三年生になり就職活動をした。特に希望する職業はなかったが、学校の就職活動課に勧められるまま銀行の試験を受け、採用された。親父は公務員になれと言っていたが、俺は銀行に就職した。東大卒というだけでエリートコースに乗れるのだ。

だが、親とは就職を機に疎遠になった。大学まで卒業させ、もう親としての義務は果たしたから、問題ばかり起こすような息子とは縁を切りたかったのだろう。事実上、勘当されたということだ。

しかし、俺は順調に出世コースを歩んでいった。入社五年で課長代理になり、人事部の採用課で面接担当官だった。そこで妻に出会った。彼女は早稲田大学の学園女王になったこともある美女だった。もちろん採用し、俺のいる人事部に配属した。彼女が勤め始めて三年が経った頃、プロポーズして結婚した。翌年には息子が生まれた。

その当時、うちの銀行の支店で大事件が起きた。関西の支店に男が立てこもり、二人が殺され、女子行員は全裸にされ、最終的に犯人は警察に射殺された。殺された一人の男性行員は俺の同期で、入社時に一緒に研修を受けた男だった――。

朝になり、スーツのままソファで寝ていたことに気づいた。ポットの湯でコーヒーをつくり、トーストを食べて出勤する。

支店長室では秘書のめぐみの笑顔が待っていた。彼女も俺が採用したのだ。支店独自でパートを募集し、そこに応募してきたのが彼女だった。彼女も大学のクイーンだったそうで、イベントの司会やレースクイーン、雑誌のモデルもしていたという。美しいだけでなく、見事なプロポーションだった。一発で採用し、俺の秘書にした。頭もとてもいい娘で、仕事ができ、秘書として最適だった。帰国子女だから英語もできる。俺は彼女に英語を教わった。

採用して一年間は男女の関係はなかった。しかし一年ほど経った頃には、俺は妻と不仲になり女に飢えていた。まだ四十一歳、男の性欲の絶頂期だ。めぐみは二十三歳、年の差十八歳だった。

一日中、一緒の空間にいた。女の色香がただよっている。一度でいいから彼女を抱きたいと思っていた。その日も普段どおり仕事をこなし、帰宅時間になった。すると彼女が俺に言った。

「支店長、今夜、私につきあっていただけませんか？　ご相談したいことがあります」

「えっ、ここでは聞けない話かな？」

「少しお酒を飲んで話せればいいんですが……」

「ああ、いいよ。おつきあいしますよ」

「嬉しいです。こんなこと言っていいか、ずっと悩んでいました」

銀行を別々に出て、新宿の高層ビルのバーで会った。私服の彼女は、大きく背中があいたワンピース、尻近くまでスリットが入ったスカート姿だった。思わず肉棒が硬くなった。銀行の制服の清楚な姿と、プライベートの今の姿のギャップが刺激的だった。肉棒がうずく。隣り合わせに座り、酒を飲みながら話を聞いた。

彼女は、自分はレズビアンだと打ち明けた。高校、大学でもセックスフレンドは女性だったとのこと。しかし、最近になって男性に興味を持つようになったという。

「支店長、私の初めての男性になってくれませんか？」

彼女は頬を少し赤らめ、俺の指を握ってきた。

「君、俺には妻子がいる。そんなことできないよ」。

「不倫でもいいんです。私、仕事でずっと支店長と一緒にいて、好きになりました。今夜私を抱いてください。男性のテクニックとエキスが欲しいんです」

酒が進み、彼女が俺にしなだれかかってきた。

「でも、不倫はできないよ。ゴメンな……」

バーを出て、エレベーターに二人で乗った。彼女はかなり酔っている。

「大丈夫か？　家まで送るよ」

「すみません、変なお願いをしてしまって。……忘れてください」

ああ言ったものの、俺は内心「抱いてやろうか」と思っていた。

タクシーで彼女のマンションに着いた。玄関で帰ろうとすると、「いや、中に入って抱いてください！」とキスをしてきた。ディープキスだ。俺も舌をからめた。

部屋に入ると彼女はすぐに服を脱ぎ捨て、全裸になった。美しい。可愛い。まるで西洋画で見たビーナスだ。きれいな形の胸、ピンク色の乳首、引き締まったウエスト、茂みは少女の若草だ。彼女は立ちすくむ俺の服を脱がし、全裸にした。俺の肉棒はそそり立っている。彼女はそれを口に含み、ゆっくり舐め回した。俺はガマンできなくなり、彼女を抱いた。乳首に吸いつき、若草をかきわけ、花びらに指を入れた。

「ああーっ、気持ちいい……。もっと乱暴にしていいです」

俺は彼女をベッドに押し倒し、全身にキスをした。

「あー、これが男性の感覚なのね。気持ちいい……！」

乳房を揉みしだき、彼女の花びらに舌を入れる。そして奥のメシベへ到達した。愛液が溢れる。

「入れて……、あなたのアレ、入れて！」

挿入して、ピストン運動を開始する。

「アッアッ……」

愛液がまた出てきてシーツを濡らす。ピストンは加速する。

「あーっ、いっちゃう！」

彼女の到達と同時に俺は発射した。こんな快感はいつ以来か、もう妻とやらなくなって久しい。若い女のエキスを俺は舐めた。

そのあとは二人でシャワーを浴び、改めて彼女の肉体の素晴らしさを実感した。子供のように互いの体に泡をつけ合い「キャッキャッ」と泡を投げ合った。

その晩は全裸でベッドに入り、彼女の胸を抱きながら眠りについた。

窓から差し込む朝日のまぶしさで目が覚めると、彼女は俺の腕の中でスヤスヤと寝息を立てていた。時計を見ると、出勤までまだまだ時間がある。俺は寝ている彼女の花びらにまた舌を入れた。彼女が目覚めて声を出した。

「嬉しい、またやってくれるの？　やってほしい」

俺は正常位で挿入しピストン運動をした。愛液がまたシーツを濡らし、二人で絶頂を迎えた。

朝七時になり、服を着て二人でマンションを出る。タクシーに乗り、途中でファストフードに寄り、まるで同伴出勤だ。しかし銀行の三百メートルほど手前で彼女が先に降りて、俺はそのままタクシーで銀行に行った。他の行員に見られてはならない。社内スキャンダルは御法度だ。以前、それがばれて退職した先輩もいた。不倫は出世レースから必ず脱落する。

支店長室で待っていると、秘書の顔をしためぐみが入ってきた。

「おはようございます。支店長、本日のスケジュールはこちらです」

普段の秘書になっていた。それは、この部屋には防犯カメラが設置されていて、行動が本部に筒抜けだからだ。だからここでは彼女を抱きしめることもできない。本心は「抱きしめてキスしたい」だったがガマンした。しかし肉棒は正直なもので、硬直してしまった。

彼女は完全に公使を区別していて、いつもどおりに仕事をこなした。

帰宅時に廊下に出て、カメラの監視の目がなくなってから彼女に聞く。

「また君の家に行っていいかな」

「もちろんです。また来てください」

笑顔で答えてくれた——。


妻と息子が出ていってからというもの、家に帰っても一人ぼっちだ。缶ビールを空けて風呂に入り、コンビニ弁当か出前のメシを食って寝るだけ。味気ない。情けない……。俺は、いっそめぐみのマンションで同棲するか、などと考えるようになった。

彼女の部屋からの同伴出勤は週二回になっている。一緒に食事をしてラブホテルに行き、お互いの肉体をからませてから、彼女の家に行くか自分の家に帰るかしている。体の相性というものが確かにあった。妻とのセックスでは感じなかった感覚を得たのだ。彼女のほうも、女性相手とは違う異性との性交で、女の完成度を一段と増した。以前から美女だったが、色香が増幅していた。俺は勤務中に部屋の防犯カメラを壊して彼女を押し倒したい衝動にかられる。肉棒は彼女といると硬直しっぱなしだ。

そんなある日の勤務中、俺のデスクの電話が鳴った。この電話は銀行の上層部とのホットラインだ。外線は秘書のデスクにある電話が鳴る。電話に出ると頭取からだった。いよいよ昇進の話かと心が躍った。

「はい。はい。……えっ、わかりました。これから伺います」

頭取からすぐに来るように言われた。何だろう？　秘書のめぐみにその旨を伝え、本部に向かった。

頭取室の前で身づくろいをしてドアをノックする。

「入りたまえ」

「失礼します」

苦虫を噛みつぶしたような顔の頭取がいた。ソファに座り、言葉を待つ。すると頭取は一通の封筒を俺の目の前のテーブルに置いた。手にして封筒の中を見る。手紙と写真が四枚入っていた。まず写真に目が行った。俺とめぐみのあられもない姿が写っている。ベッドでめぐみの花びらを舐める俺。完全にドッキングしているもの。恍惚の表情で舌をからめ合う姿。全裸で抱き合う姿の四枚だった。

「君は結婚をしている。そしてこれは君の秘書だよね。君はこんなことをやっていたのか？　問題だよ。手紙も読みなさい」

俺はこれが現実か夢かがわからなくなり、手が震えていた。

手紙には『おたくの有名支店のトップが、こんなことをしてます。どう思われますか？』と書かれていた。差出人は書いていない。『また後日、送ります』と締めてあった。


「改めて連絡するまで、自宅で謹慎を命ずる」という頭取の一言で我に返った。

「頭取、これは誰かの陰謀です！　私は妻と離婚協議中で、彼女との結婚を考えています」

「君、この写真がマスコミに流れたら、銀行にとってマズイことになるのがわからないのか？幹部会で協議する。しばらく謹慎していたまえ」

冷たい言葉だった。

俺は支店に戻った。めぐみが聞く。

「支店長、何だったのですか？　顔色が悪いですよ」

「いや……、別に、何でもない」

「何か悪いことだったのね。顔に書いてあります」

彼女には嘘はつけなかった。

「うん……、君とのセックスの写真が、頭取に送りつけられていた」

「えっ、本当ですか？」

「ああ……」

ラブホテルに盗撮カメラが仕掛けられていたのだろう。

「しばらく自宅で謹慎するように言われた」

めぐみの目に涙が光っていた。

「ごめんなさい。私のために支店長にご迷惑をかけてしまいました。本当にすみません」

「いや、君だけの問題じゃないよ。俺の責任だ」

「支店長、これからは私の家で会いましょう。セキュリティがしっかりしていますから」

「そうだな、そうしよう」

俺は彼女と別れられない体になっていたので、それ以来、ラブホテルは絶対に使わないことにした。

この支店は、俺が着任してから全国一位の成績を出した。本部でも俺の評価は良好だった。本部表彰も何回も取った。今年度の目標達成にもあと少しというところだし、順調に成績を残せばあと二年で栄転が確実だった。それには秘書のめぐみの働きも大いに貢献してくれていたのだ。

しばらくして、とりあえず謹慎は解かれた。しかし処分が決定するまでにはあと半月ある。その間は支店長としての仕事をしなければならない。どんな処分となるかわからないが、仕事はきっちりしようと心に決めた俺は、あえて精力的に働いた。情状酌量を願っていたのだ。銀行には何も損害を出してはいないじゃないか。

そんな頃、新たな融資案件の申込みが入った。今年度の目標達成には新規融資が一億円必要だ。先方に話を聞くと、希望額はちょうど一億円だった。成約すれば目標達成できる。俺は早速、先方の指定する会社に向かった。西新宿の高層ビルの三十八階にその会社はあった。

受付の女性に名刺を渡し、応接室に案内される途中、社内を見渡すと、女性社員が十名ほど、電話をしたりパソコンを打ったりしているのが見えた。普通のＩＴ企業と思われた。コーヒーが出され、しばらく待つと応接のドアがノックされて、社長と名乗る男性が入ってきた。俺はその顔を見て愕然とした。あの時のサングラス男だ。高級スーツに身を包んでいるが、あの顔は忘れてはいない。男はソファに座る前に俺に名刺を渡した。

『株式会社オフィスサポート　代表取締役社長　本多修一』とあった。あの時の名前は確か「大山」だったと思うが。すると本多が言った。

「あの時はどうも。私のこと、覚えていらっしゃいますか？」

「……はい、あの時の方ですね。こちらで会社をやっていたんですね」

「そうです。一億円必要でしてね。融資していただきたいんですよ」

「あの、どんなことに使われるんでしょうか？」

「なにね、設備資金ですよ。うちの会社は、社会の何でも屋というか、会社の困り事や、大きく政界の困り事も解決する仕事をしています。あなたの銀行の役員さんにも使ってもらっていますよ」

「はい？　具体的にはどういうお仕事ですか？」

「企業に、盗聴器や盗撮カメラ、ボイスレコーダを設置して、ターゲットの自宅や立ち寄り先もつける尾行もやります」

「それは、相手の弱みをつかんで脅すということですか？」

「そんな言い方はいけませんよ。私たちは依頼先の利益のために請け負うだけです。善良な市民ですよ」

俺には思い当たることがあったが、口には出さなかった。しかし、

「支店長さん、最近個人的にお困りのことがあるみたいですね」

本多ことサングラス男のその言葉で確信した。こいつがあの写真を頭取に送りつけたのか。

「あの写真は、あなたがやったんですか？」

「写真？　なんの写真ですか？　わからないですね。まあ、何かはわかりませんが、融資のほうをお願いしますよ」

「それはまだ決められません。会社の経営状態などがわかる資料をいただかないと」

「ええ、資料はすぐに出せますよ」

そう言ったあと、サングラス男は思わぬ言葉を口にした。

「この融資次第で、あなたの銀行の頭取を失脚させることができますよ」

「えっ、頭取を失脚させる？　……本当にそんなことができるんですか？」

「ま、融資していただけたら、あなたの処分も消えるのでは？」

「……わかりました。早速、資料を提出してください。すぐに本部に稟議を回します」

少し動機は不純だが、俺はサングラス男の話に乗る気になった。

数日後、資料が集まり本部に稟議を回すと、その一週間後、本部から融資の内諾がおりた。

サングラス男は喜んでいた。

「おたくの頭取は、スキャンダルで失脚しますよ。今日手配しました」

何を手配したんだろうか？

それから一週間後、融資が実行され、一億円がサングラス男の会社の口座に入金された。その夜、俺は奴に赤坂の高級クラブで接待された。

「三日後に、ニュースでおたくの頭取の逮捕が知らされますよ。お楽しみにしていてください」

サングラス男はそう言ったあと、厚みのある封筒を俺に渡した。帰りのタクシーの中で見てみると、百万円が入っていた。受け取ってしまうのはマズいとは思ったが、ひとまず男の言う三日後を待ってみることにした。

そして三日後、本当にテレビで頭取逮捕のニュースが流されたのだ。頭取の独断で政界に数十億の金が流れていた。近々検討されている銀行法改正と銀行統廃合の阻止の政界工作をしていたとのこと。また、自分所有のマンションで政治家を接待し、違法賭博やタレントの卵を使い性的接待もしていたという。頭取だけでなく、銀行の数人の役員も逮捕された。また、政治家本人ではなく政治家の秘書が数人逮捕された。連日、テレビや週刊誌が大々的に報道した。

もう俺の処分どころではなくなった。そして人事部から栄転の辞令が出た。大阪の梅田支店の支店長に決定だ。梅田支店は大阪で一番の支店で、関西圏の統括本部店としての地位にある。今の新宿支店の数倍の規模だ。この梅田の支店長を経験してこそ、本部役員への道が近づく。今の役員のほとんどが、梅田支店長を歴任しているのだ。

これで俺の将来は明るいものになったのだ。もちろん秘書のめぐみも連れていく。彼女とは別れたくない。俺の片腕として絶対に必要なのだ。精力的に仕事をするため、彼女のエキスを吸って活力を得るのだ。着任について、秘書のめぐみと一緒に行くことを本部に了解してもらった。

そしてちょうどこの頃に、妻との離婚が正式に決着となった。慰謝料と養育費として総額五千万円を支払った。大きな出費だが、将来の収入を考えればそのくらいすぐに取り返しがきくと思った。

　これでめぐみとの再婚も考えられることになった。しかし、梅田の新支店長という立場の男と、その男が一緒に連れてきた秘書がすぐに結婚というのもマズイと思い、大阪では別々のマンションを契約した。しばらくは、あくまでも上司と部下の関係で、この支店で仕事をするのだ。誰に何をいつ嗅ぎつけられるかわからない。スキャンダルは出世の大きな減点要素になる。せっかくつかんだこの出世コースから、コースアウトは絶対にしてはならないのだ。

栄転先での罠

着任して早々、俺は得意先廻りを始めた。大阪の街は活気に満ちていて、人々の歩行速度も東京より速く見えた。関西弁だらけで、得意先でも時々何を言っているのかわからないこともあったが、しかしそれぞれに大阪の商人の活気が感じられた。

ここで実績を残せば本部役員の道は確実と思えた。ただ着任以降なかなか慣れなかったのは、駅のホームで整列乗車をせず降りる人も待たず乗り込んでいくことと、エスカレーターの片側空けが東京と逆で左なので、うっかり左に立つと後ろから「どけ！」と言われること、そして大阪のオバチャンたちのヒョウ柄の服だ。まあそれぐらいで、仕事は順調にこなしていた。

しかしそんな頃、俺は大阪の商工会議所の会合で反社会勢力と関わることになってしまったのだ。不動産会社の社長に誘われ、夕食を食べましょうとのことで参加した。焼肉を食べ、酒を飲み、二次会でキャバクラに行き遊んだ。

「明日も仕事なので、そろそろ帰らせていただきます」と俺が言うと、社長が「では、お車代です。以後よろしく頼んます」と、俺のスーツのポケットに封筒を押し込んだ。

タクシーの中で封筒を取り出してみると、ずっしりと重い。中を確認すると札束だ。家に帰って数えてみると、二百万円が入っていた。びっくりして、翌日返そうと電話をすると、社長はこう言った。

「ああ、はした金ですよ。少なかったですか？」

「いえいえ、こんな大金、いただくことはできません。お返ししたいのですが」

「あんた、人の厚意を無にする気ですか？　今後のおつきあいの手付けみたいなもんです。取っといてください。返されても受け取らんですよ」

「……わかりました。では、ありがたくちょうだいいたします」

そう答えるしかなかった。

後日その不動産会社の社長から連絡があり、ホテルで面会した。

「おたくのような大銀行に、うちも口座を作りたいと思いましてね」

「もちろん、どなたでも口座はお作りできますよ」

「いやあ、実はうちはある暴力団の関連企業でしてなあ。通常なら取引口座は持てんのですよ」

「……そうだったんですか。そういうことでしたら、当社としても難しいですね」

「そこをなんとか、お願いできまへんか？」

「基本的には、会社の登記簿謄本を調査させていただき、本部判断になりますが」

と俺は答えた。反社会勢力との取引は禁止されているのだ。

「おたくのような日本一の大銀行と取引があると、商売の一番の信用がつくんですわ。うまくいったら、支店長さんにキックバックもできるんやけど」

「いえいえ、キックバックなんて、そんなことしたらクビですよ」

その日はそこで話を終えた。

支店に帰り、支店長室で秘書めぐみのきれいな足を見ながら書類をチェックしていると、突然一階のロビーのほうが騒がしくなり、営業課長から店内電話が入った。

「支店長！　お客様一名が刃物を振り回して、他のお客様に飛びかかっています」

「すぐに一一〇番を。私も今そこに行く」

一階の店舗ロビーに急ぐと、一人の男が包丁を振り上げ、老人のお客様に向かっていこうとしているところだった。とっさに若い行員がパイプ椅子で男の背中を叩くと、持っていた包丁を落とした。そこを二人の行員と男性のお客様で馬乗りになり、男を捕まえることができた。

それから二分ほどでパトカーが到着し、男は警官数人に逮捕された。

一時間後にはマスコミ各社がやってきて、支店長の俺はインタビューを受け、その様子はテレビニュースで報道された。インタビューでは「今回の事件の原因に、何か心当たりはありますか?」と聞かれたが、「いえ、まったくありません」と答えるしかなかった。

ところが後日、取引を断わった例の不動産会社の社長から電話が入った。

「この間の包丁事件、ニュースで見ましたよ。支店長さん、心当たりはないと答えられてましたがね、あれはうちの若い者ですわ。またおたくの店で何か起きまっせ。今度は人が死ぬかもしれませんなあ」

「あなたがやらせたんですか!」

「もっと大きな事が起きる前に、取引しましょうや」

「いえ、暴力団とは取引できません」

「そうですかい。ほんならまた何か事件が起きても知らんよ。楽しみにしてろや」

電話はそこで切れた。

俺が早速、本社に通報すると、「警察に警備を強化してもらう。君も気をつけてくれ」と言われただけだった。

それから数日後、新宿支店で俺の最後の仕事となった一億円の融資が、一円も返済されていないと本部から連絡があった。俺は例のサングラス男、本多社長の携帯にすぐに電話したが、留守番電話の応答メッセージが流れるだけだった。本部からの情報によると、西新宿のビル三十八階のオフィスはもぬけのカラで、テナント募集のポスターが貼ってあり、オフィスで働いていた十名ほどの女性は時給五千円で雇われていたキャバクラ嬢だったことも判明したとのこと。俺はまたあの男に騙されたのだ。

「君の案件だから、責任を取ってもらうよ」と新頭取から言われたが、本部稟議で合格して融資したものを俺一人の責任とは考えられない。ふざけるな！　との思いが強かった。最終的に一億円回収不能ならば、銀行の貸倒れ損金として処理することになるが、ともかく俺の出世レースにとって大減点になるのは間違いない。大きな成果がなくとも、無難に仕事をこなしている奴が出世できているのだ。今、梅田支店でも反社会勢力から嫌がらせを受けている。さらにマズイのは、俺が先方から二百万円の現金を受け取ってしまっていることだ。

しかも包丁事件から一週間後、梅田支店でまた事件が発生した。今度は老女がロビーで転倒して頭を強打し、救急搬送された病院で死亡してしまったのだ。各マスコミがすぐに取材に殺到した。

「この前も包丁事件があったが、なぜこんなに事件や事故が続くのか」

「ロビーのワックスが不備だったんじゃないのか」

「お客様の安全をどう考えているのか」

などなど、俺は支店長として糾弾された。

その翌日、あの不動産会社の社長から電話があった。

「支店長さん、いろいろご苦労でんな。よかったら相談に乗りまっせ」

「うるさい！　またあんたの仕業か？」

つい強い口調でそう言ってしまった。

「おい、誰に口きいとんや！　二百万の件、銀行本部にタレ込んでもええんか？　クビになるんちゃうか？」

「す、すみません……、ついカッとなってしまいました。そのことは内密にしてください」

そう言うしかなかった。

「そうやろ？　ほんなら明日、会いたいんで時間を作ってくれ」

「わかりました。夜でしたらお伺いできます」

「ほんなら、明日の二十時に心斎橋の〝月夜亭〟で待っとるから、必ず来たってや」

電話は切れた。支店長室のデスクで頭をかかえていると、秘書のめぐみが近づいてきた。

「支店長、お気を落とさないでください。事件と事故は、偶然に二件重なってしまっただけです。支店長がそんなだと、他の行員さんに悪影響が出てしまいます。少し気分転換なさるといいですよ。今夜、つきあってください」

そういえば大阪に来て三週間、めぐみとはセックスしていなかった。慣れない大阪での得意先や取引先廻り、商工会の会合とかで、毎日とにかく忙しかったのだ。おまけにワイロに事件に事故、そして新宿支店時代の融資問題もあり、俺の心と体は痛み続けていた。出世コースから脱落しかかっている……。だが、めぐみには暴力団の件は言えなかった。

「わかった、今夜、心と体を癒させてもらうよ」

「はい、私でよければぜひお手伝いします。今夜、私のマンションに来てください」

少し頬を赤らめながら、めぐみはそう言ってくれた。

その晩、彼女のマンションで久しぶりに体を重ね、めぐみのエキスを存分に吸収した。彼女も久しぶりに男のエキスを満喫したようだった。

翌朝は同伴出勤だが、もちろん時間差をつけなければならない。彼女が先に出社し、十分後に俺が出社した。梅田支店の誰にも二人の関係を知られてはいけない。

彼女のエキスのおかげか、なんだか開き直って物事に対処する覚悟ができたような気がした。昼間の仕事を、めぐみのサポートもあり片付けたあと、二十時に例の不動産会社の社長に会う。一応めぐみには事情を話しておくことにした。

「無理しないでくださいね。もし何かあっても、私は最後まで支店長についていきます。たとえ銀行を辞めても、ずっとついていきます」

そんな言葉を聞き、なおさら覚悟が固まった。俺が出世レースから脱落したのはもう間違いない。ならば退職覚悟で相手と対しようという気概が生まれた。

心斎橋の高級料亭〝月夜亭〟に着き、受付で名刺を出すと二階の特別室に案内された。すでに社長は部下と来ていて、テーブルには豪華な料理が並んでいた。社長と正対する。

「支店長さん、今日はお互い本音でいきましょうや。どないしたら、おたくの銀行と取引できるんやろか？」

「正直、今の会社と代表者では無理です。そこでご提案があります。別の法人なら、例えばNPO法人とか福祉関係とか、別の代表者を出していただいて審査に出してみることは可能です」

そう、俺は銀行に対して嘘をつくことを提案したのだ。背任行為なのは百も承知だが、もう銀行を辞めてもいいと思っている俺は、めぐみさえついてきてくれるなら何でもできると考えていた。

「ほんなら、代表をわての妻にするわ。で、NPO法人て何やろ？」

「利益を追求しないで、社会に貢献する法人です」

「利益がなく貢献？　そんなんダメや」

「それなら介護福祉分野の会社はどうですか？」

「それは利益を出してもいいんか？」

「はい。株式会社も可能です」

「ほんならそれにしよ」

一週間後、福祉関係のダミー会社が設立され、俺は本部にその会社の口座開設稟議を出した。それから一週間で了承がおり、早速、一千万円の入金で口座が開設された。その口座には連日入金があり、残高はあっというまに二億円になった。そして、定期的に送金もしており、五百万円から時には一千万円ということもあった。どこに送金しているのかはわからないが、取引は正常に見えた。

この送金はのちにわかるのだが、政治家へのワイロだったのだ。そして入金のほうは、全国のヤクザ組織からのシノギであった。もちろん個人名義になっていたが、多いところは五百万円、少ないところで五十万円ほどだ。

その後は何事もなく俺の仕事は順調に進んでいたが、ある日、例の社長が訪ねてきて、今度は融資をしてほしいという申し出があった。支店長室で応対する。

「おいくら必要なんですか？」

「介護機器を充実させるためとして、五億です」

「五億……、そんなに必要なんですか？」

「支店長に五千万キックバックしますぜ」

「いや、いらないです」

「そんな堅いこと言わんと、金はいくらあってもええもんや」

「一応、本部に稟議を出してみます。結果をお待ちください」

社長は帰っていった。

——どうしよう。しかし、もう俺は船に乗ってしまってるんだ。後戻りできない……。

やがて必要書類が整った。書類作成について、稟議が通りやすいアドバイスもしてしまった。完全な背任行為だ。支店長室でやったことだから当然、秘書のめぐみもいた。しかし彼女も覚悟ができているのか、一言も発しなかった。はたして二週間後、本部の審査も通ってしまい、五億円が例の企業の口座に融資実行された。

社長は俺を再び〝月夜亭〟に招き、満面の笑みでお礼の接待をした。豪華な料理と酒、二十代の若い芸者とのお遊びもついていた。ところが、芸者遊びを一通りすますと、いきなり芸者衆三人が着物を脱ぎ捨てて全裸になったのだ。そして俺に寄り添い、乳房を顔に押しつけ、手を花びらの中に入れさせた。愛液で濡れていた。別の芸者が俺の肉棒をなでる。いつのまにか社長は退室していた。

三人の全裸の芸者に服をはぎとられ、俺もあっというまに全裸になった。肉棒はピンピンにそそり立っている。一人がそれを咥えて入れたり出したりする。もう一人が俺の手を取り、その女の花びらに導く。こちらも愛液で濡れていた。二十代の女三人にいたぶられ、肉棒は発射寸前だ。一人が正常位でそれを受け入れた。当然のように俺はピストン運動をするが、女のよがり声が大きくなると発射してしまった。別の女が小さくなった肉棒を咥えてしゃぶる。するとまた大きく元気になった。その女を四つん這いにさせ、バックでピストン運動をしてまた発射。最後の芸者は俺を仰向けに寝かせ、上にまたがって肉棒を花びらに押し込み、女がピストン運動をして、これで三発目の発射だ。わずか四十分ほどで三発出してしまった。四十半ばの俺にこんなに元気があったとは、自分でも信じられないくらいだった。

ところが、あとでわかったのだが、この様子はすべて動画撮影されていたのだ。女たちとのセックスに没頭していて、撮られていたことに気づかなかった。

そして翌日、社長は言っていたとおり俺に現金で五千万円を渡してきた。もうどうにでもなれと受け取ってしまった。

それから数ヶ月、やっと何事もなく日々が過ぎていくようになった頃、頭取から呼び出しが来た。

「大至急、本部に来い」と強い口調だった。

飛行機を使って東京の本部に急ぎ、頭取室に行くと、反社会勢力との癒着、現金の受領と嘘の会社設立の指南の件を指摘され、さらにあの芸者三人との性交の動画を見せられたのだった。

そして、俺は懲戒解雇になった。俺の銀行員としてのキャリアはここで終わってしまったのだ。

大阪に戻り、めぐみに話すと、「私も銀行を辞めます。私はどんな立場になっても、あなたについていきます」と言ってくれた。

これで無職になった。金は社内預金とヤクザ企業から提供された金をあわせて約一億円はあるが、これからどうするか、考えなければならない。当面は失業給付でしのぐか、それとも転職を急ぐか……。もしかして警察に逮捕されることになるのでは、と不安だったが、銀行は体面を重んじ警察沙汰にはしなかった。

逮捕、そして逃避行

やがてめぐみも自己都合で銀行を辞め、俺たちは大阪から東京に戻った。もう誰の目も気にする必要はなく、二人は同棲を始めた。

彼女は語学力を活かし、すぐに商社に就職が決まった。俺はとある消費者金融、いわゆるサラ金に面接に行った。すると、元大手銀行の支店長というキャリアのおかげで、すぐに店長候補として採用されたのだ。

この頃はまだサラ金のイメージは悪く、一般には高利貸とかヤクザ金融というイメージが浸透していた。俺が入社したのは業界一の〝一富士〟であり、サラ金のイメージアップのためのテレビCMを最初におこなった会社だった。しかし金利は年四〇%なので、高利貸と言われても仕方ない、そんな時代だった。

入社後は十日間、本社で新人研修を受けた。最初の三日間は自衛隊への体験入隊だ。埼玉の駐屯地に泊まり、自衛隊の訓練を体験するのだ。朝五時起床で十分以内に着替え、グラウンドに整列する。そして五キロのランニングをしてから朝食になる。四十半ばの俺にはかなりキツイ訓練だった。重さ三〇キロの装備をつけての匍匐前進、泥だらけだ。教官の罵声を浴びながらも、なんとか三日間を終えることができた。

その翌日からは本社研修だ。会長の訓示が始まる前に、「起立、礼、着席」と軍隊式の号令がかかった。ここは自衛隊か？　と俺は思った。

「サラ金のイメージを根本から変革し、消費者金融のイメージを〝優しい庶民の味方〟という形にするのだ」

会長は大声でそう語った。そして、そのあとは全員起立して唱和だ。

「会長！　今日も全力で頑張ります。よろしくお願いします！」

研修でなくとも、これは毎朝、支店全社員で唱和する。額に入った会長の写真を直立で見上げながらである。

そのあとは、貸付のチェックポイントと回収時の言葉遣いの講義、身だしなみチェックなどがあり、研修は終了した。

その翌朝、俺は新宿店に店長として出勤した。勤務先は雑居ビルの五階で、銀行員時代とは格段の差がある小さな店だった。この支店の部下は男二人、女二人。俺を入れて計五人で営業する。

「店長、おはようございます！」

四人が大きな声で挨拶する。俺も大きな声で、「おはようございます！」と挨拶を返すのが決まりだ。

新宿店の店長としての最初の仕事は、不良債権者リストのチェックだった。この店の滞納者は二百人以上で、最悪のケースは、借り入れから一度も返済しないで失踪した人だ。こういった場合、すでに死亡しているなら債権は消滅という扱いにできるが（実際は相続人に請求できるのだが、裁判沙汰になるケースもあり、サラ金側としてはそこまでして回収しようとは考えないのだ）、生死不明なら行方を探さなければならない。

店長の仕事の九九％はこの債権回収であり、店長の成績は回収率アップと不良債権をいかに少なくするかにかかっている。ただこの会社、一富士は、業界リーダーとしてサラ金のイメージを払拭するというのを最大の売りにしているため、催促の電話は朝九時から夜七時までと決められている。それでも連絡がつかない場合は、差出人なしの手紙を送る。その次は個人名で電報。それでもだめなら職場訪問。最後は自宅訪問である。言葉遣いはあくまで紳士的にし、ヤクザ言葉は禁物だ。もしそんな態度で催促したことが本社に通報されたら、店長失格でヒラ社員に降格されてしまう。給与も三十万円から即十二万円に減ってしまうのである。

ある日の夜、俺は悪質滞納者を訪問した。何の連絡もなく借金を返さないままでいる男性債務者の自宅で待ち伏せる。家の植込みの陰で帰宅を待った。

やがて男は赤の高級車で帰ってくると、タバコをくゆらせながら車から出てきた。俺はすかさず声をかける。

「山本さん、一富士です。お金の返済が滞っていますので、本日は最低でも三万円お返しください」

「うるせえ！　金はない。帰れ！」

いかにものヤクザ風だ。

「お返しいただけるまで帰りません」

「ないと言ってるんだ。帰れ帰れ！」

「お車を処分してでも返していただきたいんです」

「これは組長の車だ。俺の車じゃない！」

やはりヤクザ系か。男は怒り、車に戻ってドスを持ち出すと、俺の目の前にドスを振り上げて脅す。

「帰れ！　帰らねえなら本当に殺すぞ！」

「お客様、そんなことをすれば大変なことになりますよ。私は返していただけるまで帰りません」

刃先を首に当てられたが、俺は男をグッと睨んで言った。

「返してください。死んでもかまいません」

「ほう、あんた、度胸あるな。うちの組に入んねえか？」

「いいえ、今はサラ金屋の店長です。仕事に忠実なだけです」

「しかたねえ、あんたの度胸に十万出すよ。持ってけ」

男は胸ポケットから財布を出すと、そこから十万円を渡した。俺はすぐに領収書を書き、男に渡して帰った。スーツの中は冷や汗でびっしょりになっていた。

最寄駅に着き気分が少し落ち着いてから、携帯で本社に回収の連絡を入れると、「ご苦労」と一言だけだった。

次の日の夜は、三十歳の男性小学校教師の回収に行った。職場である学校を訪ねても常に居留守を使われていたので、今夜は自宅の前で帰宅を待った。

しばらくすると帰ってきたが、どうやら酔っているようだ。フラフラと足取りが乱れている。

俺は声をかけた。

「浜田さん、サラ金の一富士です。ご返済をお願いします」

「金はないよ」

「今日三万円お支払いいただけないと、法的措置を取らせていただきますよ。当社も費用がかかるのでやりたくないのですが、裁判になったら、浜田さん、立場上まずいことになりますよ」

「お前、俺を脅すのか？」

「いえ、ご返済いただければ法的措置は取りませんよ」

俺はともかく冷静に対応した。

「ないものはない。帰れ！」

「お酒を飲むお金があったら、返済してください」

「ないものはない」

「わかりました。それでは、今月の給与で三万円必ず返済すると一筆書いていただけたら帰ります」

結局、誓約書を取って帰った。道すがらのコンビニから本社にそれをＦＡＸしたが、返事は当然ない。

帰宅したのは深夜一時を回っていた。めぐみは起きていて、俺を出迎えてくれた。

「おかえりなさい、お疲れ様でした。お食事は？」

「いや、途中で食べた。風呂に入るよ」

「はい、すぐに準備します」

めぐみがいるから今の仕事ができている。めぐみの顔を見ると疲れがふっ飛ぶのだ。

風呂につかりながら、明日の取立てのことを考える。明日は銀座の高級クラブホステスの取立てだ。風呂から上がると、その晩はめぐみに癒されてリラックスして眠りについた。

翌日の夜、銀座のクラブの通用口で、ホステスが帰宅するために出てくるのを待った。二十三時に店が閉まり、目的のホステスが出てくる。

「麻美さん、一富士です。ご返済お願いします」

「あら、ごめんなさーい。お金ないのよ」

「ご返済してください」

「ないったらないのよー」

「お金がないようには見えませんよ。三万円いただいたらすぐに帰ります」

「うるさいわねー。じゃあ、体で返すわよ」

「いや、そういうわけにはいきませんよ。現金でいただかないと困ります」

「だから、私の体で返すって言ってんのよ。どう？　いい体してるでしょ」

「いえ、困ります。現金で返してください」

店の通用口前でしばらく言い合ったが、結局、ホテルで彼女を抱いて体で返してもらった。

本社には回収金として自腹で三万円送金した。

こんなふうに回収業務ではいろいろなことがあったが、その中でも忘れられない出来事がある。それは開業医の取立てに行った時のことだ。

郊外の医院を訪ねた。「内科・小児科」と看板が出ていたが、クモの巣が張っていた。入り口のドアはカギがかかって閉ざされていて、チャイムを押しても応答がない。裏が自宅になっているのでそちらに回ってみた。窓のカーテンが少し開いていたので、のぞき込む。医者はそこにいた。鴨居からロープで首を吊った姿で……。手の指など一部が白骨化しているのも見えた。俺は携帯で警察に連絡して、その場から急いで去った。

そんなあれこれがあり、心も体もズタズタに疲れてサラ金会社を辞めた。わずか一ヶ月間のサラ金屋店長だった。

会社を辞めて家に帰った日、俺はめぐみにそう話した。すると、

「今はゆっくり心と体を休めて。大丈夫、私が働いて稼いでくるから、心配しないでね」

と言ってくれた。めぐみの言うとおり、しばらく心と体を休めることにした。

めぐみは今日も商社に出勤だ。一人になってソファに横になると、携帯が鳴った。「非通知」だ。

「もしもし？」

「だんな、俺のこと覚えてますか？」

「はい？」

「オカマ掘られた男ですよ、わかりますか？」

「えっ、あの時の？」

「そうですよ。探しましたわ。銀行、クビになったそうですね」

「余計なお世話だ。お前に会ったから俺の人生は転落したんだ。今さら何の用だ！」

「あの時は申し訳なかったです。会えませんか？」

「お前の顔なんか見たくない」

「まあ、そうでしょうね」

「もう俺は銀行員じゃない。金はないよ」

「まあまあ、そんな話じゃないんですよ。だんなにとって、いい話だと思いますよ」

「じゃあ、今夜会いますよ。こっちにもいろいろ思いがあるからな」

「じゃ、二十時に町田の駅前の居酒屋『待ってるよ』でよろしく」

すべての始まりとなったあの事故から、三年ほどが経っていた。

俺はめぐみの携帯にメールを送り、町田に向かう電車内にいた。あいつに会ったら何と言ってやろうか。「俺の人生はお前に狂わされた。どうしてくれるんだ？」か「もう後悔もしてないし、恨んでもいないよ」と言うか……。

考えているうちに町田駅前に着いた。駅前の居酒屋「待ってるよ」に入る。店の奥に手を上げる男がいた。あいつだ、事故を起こした俺から千二百万円をふんだくり、銀行からの融資金一億円持ち逃げしたサングラス男だ。

「だんな、ごぶさたです。お元気でしたか？」

「元気なわけないだろ。銀行クビになって無職だからな。あんたのせいで人生狂っちまった」

「申し訳ありませんでした」

土下座する勢いで、テーブルに手をついて謝っている。

「融資した金はどうした。警察に逮捕されたんじゃないのか？」

「いえね、しばらく海外に飛んでたんですよ。警察には、ある方の力で逮捕されません」

「よくわからないが、そんなことができるもんなのか？」

「まあ、一杯飲みましょうや」

再会の印で、とサングラス男はビールを俺のグラスに注いだ。一応ビールを飲み干す。

「大阪の支店長さんの時、五億の融資もあったでしょう。あの社長も、俺の仲間ですわ」

「するとお前も暴力団関係者なのか？」

「ええ、まあ下っぱですがね」

俺はこいつらに騙されて利用されていたのか……と改めて思った。男に会ったら殴りつけてやろうかとも思っていたが、自分の愚かさが情けなくなった。

「だんな、今無職なんでしょ。俺の仕事を手伝ってもらえませんか？」

「手伝うって、ヤクザをやれっていうのか？」

「そういうことじゃなくて、今、俺が動いてることに少しご協力願うってことです。もちろん報酬はお支払いしますよ」

「それは犯罪か？」

「いえ、かえって国に貢献することになると思いますよ」

「えっ、具体的にどんな仕事だ？」

「今はまだ言えません」

「何をしたらいいんだ？」

「俺は今、シンガポールで相手と話を進めています。だんな、銀行員時代の支店長の名刺、まだ何枚かありますか？」

「名刺？　それがどうなるんだ？」

「十枚くらいあれば俺にください。それが重要な仕事に必要なんです」

俺はスーツの内ポケットから名刺入れを出してみた。あった。新宿支店長が六枚、梅田支店長が十二枚だ。もうクビになっているので何の肩書にもならないが、記念にと持っていたものだった。

「これをどう使うんだ？」

「ちょっと信用が必要なんですよ、取引の上で」

その中から十枚を渡すと、サングラス男は喜んで名刺を受け取った。

「明日、シンガポールに行ってきます。話がまとまったら、お礼として一千万お支払いしますよ。連絡しますからお待ちください。まあ、今夜は旨い酒を飲みましょうや」

しばらく男と酒を飲んで店を出た。退職した前職場の名刺を使用することが犯罪につながるとは、その時は考えていなかった。一千万円貰えるのかと、そっちに頭がいってしまっていた。無職の今、現金は、貰えるのならいくらでもありがたい。銀行から退職金は一銭も出なかった。懲戒解雇イコールクビだったからである。サングラス男にシンガポールでの取引とやらを成功してもらうしかない。

家に帰ると、めぐみはすでに帰宅していた。

「どんな話だったんですか？」

「いや、大した用じゃなかったよ。久しぶりに会ってお詫びをしたいとかで、一緒に酒を飲んで彼を許したよ」

「それならいいけど、悪いことはしないでくださいね」

そう念を押されたが、嘘をついてしまった。銀行をクビになり、サラ金会社を辞め、俺はひらきなおっていた。どうにでもなれ！　俺にはめぐみがいるんだ。

何日か経って、サングラス男から連絡があった。

「今、シンガポールにいます。あの話、順調に進んでますよ。あと数日で帰ります。また連絡します」

数日後、日本に帰ってきたと男から連絡があり、空港の近くで二人で会った。

「近々、シンガポールから金が入ります。五十億ですぜ。だんなにお礼払いますから」

なんでも、大阪と広島と福岡の組織とシンガポールの反社会的組織の手打ちができ、東アジア連合の話が進んでいるらしい。

「これができれば、イタリアマフィアやシカゴマフィアより強大な組織ですぜ」

と、サングラス男は鼻の穴をふくらませ言った。俺には興味のない話だが、礼金を貰えるなら嬉しいことだ。

「金は月末にもお支払いします。足がつかないよう現金で渡します」

そしてその月の月末、サングラス男と会い、俺は一千万円を確かに受け取った。

ここでようやく、めぐみに本当のことを話した。

「なんだか悪い事に加担してしまったみたいですけど、大丈夫ですか？　私、心配です」

「もう支店長でも銀行員でもないんだ。俺も何かビジネスを考えなけりゃいけない」

そんな話をした。

それから一ヶ月ほどは何も起きず、平穏な日々だった。新たなビジネスを探し始めてもいた。

しかしある日、めぐみが出勤して俺が一人でマンションにいると、玄関のチャイムが鳴った。

インターホンのモニター画面にはスーツ姿の男が三人映っている。

ドアを開けるといきなり警察手帳を示した。

「大阪府警です。この男をご存じですか？」

そう言って写真を見せる。サングラス男だ！　しかし、「いえ、知らないです」と答える。

「それはおかしいですね。この男はあなたを知っていると言ってますよ」

「いや、知らないなあ」

「この男はある事件で現在、警察の留置所に入っています。あなたを逮捕します。ご同行願います」

「ちょっと待ってください。私が何をしたんですか？」

「それは警察署で詳しくお話しします」

ということで、俺は警察車両に押し込まれた。生まれて初めて手錠が手首に巻かれた。

それから約六時間後、俺は大阪梅田の警察署の取調室にいた。めぐみに一度だけメールを打つことは許可され、送信後に携帯は没収された。

「あなたは梅田支店の支店長時代に、反社勢力の会社に銀行口座を作らせ、二百万の金を受領し、五億円の融資をおこなった」

そう、銀行が俺を告訴したのだ。

「また、新宿支店長の時も、この写真の男に一億円を融資し、そこでも金を受け取っていますね」

もうすべて捜査済みなので素直に認め、俺は留置された。新宿時代の件の取調べは、新宿警察署に移送して受けるという。

翌朝八時、俺は三人の刑事と梅田を出て新宿に向かう車中にいた。約七時間の車の旅だ。名神高速や新東名高速などを走り、東名高速に入って東京を目指す。途中、一度ＰＡのトイレに寄った。家族連れの観光客が多くいた。刑事たちが俺を囲むようにして、手錠が見えないようにして用を足した。

やがて車は、以前妻子と旅行に行ったことのある静岡県三島市の近くを通過した。まだ息子が三歳くらいの頃だったか。幸せな家族の姿だった。あの頃は楽しかったな……。そんな思いが心に浮かんだ。

東京都に入ると、車は高速を降りて世田谷区を走り始めた。俺は頭の中で「逃げる」ことを考えていた。中野区の小さな公園の公衆トイレの脇には神田川が流れていて、深さも二メートルくらいあることを思い出した。若い頃その近くに住んでいたのだ。逃げるチャンスがあるとすれば、そこしかない。そこからは五分ほどで新宿署に到着してしまう。その公園の近くまで行った時に、小用でガマンできないと言えばトイレに行けるだろう……。

公園の近くに車が近づいた。

「すみません、あの公園のトイレを使わせてください。もう出てしまいそうで……」

そう刑事に訴えると、案の定、車は公園の入り口で停車した。俺は若い刑事一名に付き添われて公衆トイレまで来た。手錠はしていない。

「すみません、すぐに終わりますから」

「わかった。この入り口で見ているからな」

「はい、ありがとうございます」

俺は本当に小用をして、刑事の待つトイレ入り口まで行った。すると、見ていた刑事ももよおしてきたのか。

「私も小用する。逃げたら罪が重くなるからな、そこを一歩も動くなよ」

と言ってトイレの中に向かう。俺はこのチャンスに賭けた。

——逃げろ！　今しかない！

心の中に号令が響く。俺はすぐダッシュして神田川に飛び込んだ。水泳には自信があった。

「まて！　戻ってこい！　逃げるな！」

刑事の声が聞こえたが、俺は必死に泳いだ。神田川は途中で隅田川と合流し、東京湾まで出られる。何分？　何十分？　わからないが、ドブ水の中を必死に泳いだ。

やがてドブ水から海水になったようで、どのくらい進んだのかはわからないが、途中で意識が薄れてきた。

——もうこれまでか……。ここで死ぬのか？

すると、めぐみの顔が浮かんだ。

「お願い、死なないで！　私を残して死なないで！」

そんな声が聞こえ、はっと目が覚めた。

「おお、気がついたか。大丈夫か？」

見知らぬヒゲ面の男が見えた。

ここはどこだ？　天井が見える。首を回すと机と椅子、丸い窓があった。俺は硬いベッドに寝ているようだ。裸にバスタオルを巻かれ、毛布が掛けてあった。なんだか生臭い。魚のにおいか？　しばらくして船の中だとわかった。ヒゲ面男が俺に言う。

「命を粗末にするな。何があったか知らんが、親から貰った命を自分で消す権利は誰にもないからな」

――自殺じゃない。逃げただけだ。

心の声を発することはなかった。その代わり、ヒゲ面男に尋ねた。

「ここは、どの辺の海なんですか？」

「今は、横浜沖だな」

東京湾で漁業をやっている船に拾われたらしいことを悟った。

「まあ、いろいろ事情はあるだろう。だが、死んだら終わりよ。生きなきゃだめだ」

「ありがとうございます。……お願いがあります。私を横浜の港で降ろしてください。しっかり生きて、やり直します」

「そうか。それならこれから横浜港に寄港しよう。もう馬鹿なことをしないと約束するなら、行きな」

船は深夜に横浜港に着いた。

「その格好じゃ外に出られないな。ほれ、これを着てけ」

ヒゲ面船長が作業服を一着投げてよこし、俺はそれを着た。すると船長は「金もなけりゃ移動もできないな」と、一万円札を作業服の胸ポケットに押し込んだ。

「ありがとうございます！　必ずお返しします！」

「そんなもん、いらん。早く行け」

俺は船長に頭を下げ、深夜の横浜港に降りた。船はすぐに岸を離れていった。

去っていく船に頭を下げ、深夜の横浜の街を歩きだす。これからどうしようかと、とりあえず公園のベンチに横になった。星空を見上げるのはいつ以来だろうか。思い出せないくらいに昔のことだ。社会人になってからは仕事に振り回され、空など見る余裕はなかった。

やがて辺りが明るくなり始めたので、行動を開始した。

――まず東京へは行けないな。当然、もう手配されてるはずだ。一万円で行けるところ……、どこへ行こう？　大阪も手配済みだろうし……。そうだ、めぐみに電話しよう。

携帯電話は警察に没収されてしまって持っていないので、とりあえず近くにあったコンビニに入り、プリペイド携帯を買った。三千円だった。めぐみの携帯の番号は覚えていたので、すぐに電話した。

「もしもし」

彼女の声だ。

「俺だ。今、横浜にいる。今から来れないか？」

「横浜？　あなた何をしたの？　昨日警察が来て、あなたを捜してたわ。いいわ、これからすぐに行く。どこにいるの？　――山下公園の赤い靴の像の近くのベンチね。待ってて」

「すまん、待ってる」

電話をしたのが午前五時頃、それから約一時間後、彼女はベンツでやってきた。懐かしいとすら思えるめぐみの姿は変わっていなかった。

「何、その格好。漁師さんみたい」

「漁船に助けられて、その船長に貰ったんだ。変装と思えばちょうどいいよ。俺は警察に追われてる。どこかに逃げたいが、どこに行こうか考えてるんだ」

「わかったわ。……私の田舎の静岡は？　どう？」

「いや、田舎はよそ者はかえって目立つ。意外と都会の雑踏のほうが目立たないかも知れない。少し賑やかなところでないかな？」

「うーん、……じゃあ、私の知り合いがいる池袋はどう？」

「よし、とりあえずそこに行こう」

ベンツの乗り心地はよかった。ただ、運転はめぐみで、俺は人目につかぬよう後部シートに横になっていた。

やがて池袋のビル群が見えてきた。めぐみは駅の西口に出て、しばらく雑踏の中を進み右折した。中小のビルが並ぶ中の一つの雑居ビルの前で車を止める。めぐみは車の中から辺りを見回し、ドアを開けた。俺は車に残る。中国人らしき二人連れが話しながら歩いているのが見えた。

　しばらくすると、めぐみが手招きしているので慎重に車から出た。案内されたのは築五十年くらいはありそうな古いビルで、入ると奥に小さな手芸品店があった。めぐみはそこの主人と思われる老婦人と話をしている。俺は店を入ってすぐのところで待つ。老婦人は耳が不自由らしく、時折筆談になる。やがて老婦人がうなずき、俺のほうを見た。めぐみは老婦人に一万円札を数枚渡すと、俺を手招きした。

「あなたのことをお願いしたの。OKよ。しばらくここのビルの地下室にいてください。彼女は耳が不自由だけど、とても優しい人よ。何か必要な物があったら、メモで頼めば何でも用意してくれるわ」

「わかった。感謝するよ。君との連絡は、プリペイド携帯があるから大丈夫だ」

三人で地下室に下りる。そこは意外に広く、三十畳くらいはあった。冷蔵庫、テレビ、FAX、机と椅子、ベッドもある。さらになんと、風呂もあった。老婦人によると、ここは有事に備えてのシェルターとして作った部屋だそうだ。

　めぐみは収入のために商社の他に週三回、銀座の高級クラブで夜に働き始めたとのこと。こんな俺のためにけなげに頑張ってくれているのか……。めぐみのためにも、俺は逮捕されてはいけない。捕まったら服役は確実だ。

　反社勢力と関係してしまった。金も受け取った。合計六億円も提供してしまった。銀行はすべて俺一人の責任にした。大学を卒業してからずっと一生懸命に働いた結果がこの仕打ちだ……。


　地下室に住み始めてから一ヶ月が過ぎ、ここでの生活もだいぶ慣れてきた。めぐみは三日ごとにレンタカーでここに来てくれる。所有していたベンツは五百万円で売ったそうだ。俺たちには少しでも現金を取っておくことが必要だった。いずれ二人が結婚するために貯金しておくと彼女は言った。その愛情に涙が出る。俺の逃亡を手助けし、犯人隠匿の罪も犯しているのだ。めぐみが来る三日ごとに、郊外のホテルで男女のいとなみをする。彼女の肉体で癒されるのだ。めぐみの体は野性の女豹のようにしなやかで、ホステスをやり始めてから一層色気が増し、一段といい女になっていた。

「他の男とは絶対、寝るなよ」

「バカ、あなた以外とは誰一人しないわ。怒るわよ」

　少し頬をふくらませためぐみを見て、また欲情し、ベッドで荒々しく性交したあと、二人は眠りについた。

地下室生活が始まってから三ヶ月ほどした頃、めぐみが来て言った。

「銀座のお店に、あなたを探してる人が来たわ」

「警察か？」

「ううん、警察じゃない。その逆のような人よ。サングラスで白いスーツの男性」

俺はすぐに〝あいつ〟だとわかった。

「そいつ、一人で来たのか？」

「ええ。何か大事な用で、至急あなたに会いたいそうよ」

「うん、俺が知ってる男だ。今そいつにメモを書くから渡してくれ。でも、俺の居場所は絶対に教えるな」

「わかったわ。今夜も来ると言ってたから渡すわ」

めぐみはメモを持って地下室を出ていった。

メモには、『明日朝九時、新宿駅西口の改札に来てほしい。そっちの格好はサラリーマン風で黒いカバンを持て。』と書いた。

翌日、めぐみに送ってもらって九時に新宿西口に着いた。サングラス男は俺が指定したように、紺のスーツに黒カバンで改札近くにいた。ちょうど通勤時間帯なのでスーツ姿で溢れているが、俺には奴がすぐにわかった。

「あ、だんな、久しぶりです。この格好で俺がわかりましたか？」

「当たり前だ。お前のせいで俺は警察に追われる身になったんだぞ」

「すみませんでした。あの時はあれしか方法がなかったんですよ。許してください」

サングラス男は丁寧にお辞儀をする。

「だんな、苦労かけて申し訳ありません」

「お前、警察に逮捕されたんじゃないのか？　もう釈放されたのか？」

「それには訳があるんですわ。〝天の声〟つまり政治家から警察に圧力がいって、すぐに不起訴になりました。俺もビックリしましたよ」

「それで、お前の話とは何だ？」

「俺と一緒に大阪に行ってほしいんです。うちの組長が、大恩人のだんなにぜひお会いしたいと言ってるんです。一緒に来てください、お願いします」

乗りかかった船だ。こいつの言うとおりに動いてみようという気になり、俺は男の車で大阪に向かった。ベンツではなく普通のグレーのライトバンだった。目立たないよう、こいつも気を遣ってくれているらしい。

――こいつ、そんなに悪い男じゃないのかな？

と、俺の心の声が言っていた。

長時間のドライブの末、大阪に着いた。案内されたのは難波の高級料亭だ。夕方五時半、まだ行きかうサラリーマンの姿が多かった。しかしこの店はサラリーマンではなかなか入れない高級店だ。

奥座敷に通されると、高級な料理と酒がすでに用意されていた。六時になり、広域指定暴力団川内組の四代目組長が入ってきた。サングラス男が直立し、最敬礼をする。俺も立とうとすると、老紳士風の組長は「まあまあ、そんなことなさらないでください」と言ったかと思うと、いきなり俺の目の前で土下座をした。

「本当に大変なご苦労をおかけしました。申し訳ない。どうか許してください！」

「いやいや、頭を上げてください。恐縮します。大丈夫です。お顔を上げてください」

俺はそう言うのが精一杯だった。

すると組長はおもむろに顔を上げて、「そうですか。では、一杯やってください」と、最高級日本酒の盃を勧めてきた。一口飲む。上等な酒がのどを通っていく。今まで味わったことのない旨い酒だ。組長は手酌で自分の盃に注ぐと、俺の盃にまた酒を注いだ。そして、

「先生をお迎えして、お祝いだ。乾杯してください」

と言うので、乾杯した。何がなんだかわからないうちに〝先生〟になってしまっている。

「先生、実は今夜ご足労いただいたのは、先日のお詫びと、これからの先生の仕事についてご

相談がしたかったからです」

組長は姿勢を正すと、俺の近くに寄って小声で話し出した。

「実は前回、こいつがヘマをこきやがって、先生には大変なご迷惑をおかけしましたが、これからは日本政府も噛んでいる大仕事に、先生のお力添えをいただきたいんですよ」

何のことを言ってるんだろう、と少し緊張しながら聞いていると、組長は封筒から書類のようなものを出して俺に見せた。何かの契約書のようで、よく見ると、大阪、福岡、広島の広域暴力団とシンガポールマフィアの四者の連合契約と、与党の有名な国会議員二十数名、そして大物議員の署名捺印がされていた。

「これは、何ですか?」

「先生、これが、政府が裏でやっている国際取引の実体ですよ。表向きは平和国家、戦争放棄などと言ってますが、武器取引は儲かるんです。裏では武器や戦争兵器が輸入・輸出されてるんですよ。しかし国は直接できないので、私らが間に入って、政治家らの名前が出ないよう、汚れ役をやってるんです。そこでは何十億、何千億という金が動いています。政治家らにもそれで金が入る仕組みです。すべての汚れ役を、私らが引き受けてるんです」

初めて聞く話だった。

「先生、もう逃げ隠れしなくて大丈夫です。私が手を回しておいたので逮捕はされません。釈放です。大手を振って街を歩けますよ」

なるほど、新宿駅でサングラス男が言っていた〝天の声〟はこれだったのかとわかった。大物政治家が警察・検察に圧力をかけたのだ。まあ、自由になれるのならこんないい話はない。

「そうですか、ありがとうございました。お世話になりました」

俺は組長に礼を言った。

「さて、事情がわかっていただけたら、これから本題に入りましょう」

組長は別の書類を出した。

「これが今後、先生にお願いしたいことです。まず、組の金の金庫番をお願いするとして、国や政府が表でできない武器・兵器の輸出入の帳簿の管理監督もしていただきたい。もちろん報酬ははずみますよ。月に二百万円では安いですか？」

「いえ……、まだやると決めてはいないので。……とにかく突然のことなので」

「それはそうですね。よく考えていただいて結構です。そうそう、二百万の月給の他に、裏の輸出入で出た利益の五％を先生にお支払いしますよ。よく考えていただければありがたいです。先生のお力をぜひお借りしたいんです。危険は伴いません。私らが命を張って先生をお守りします。どうか引き受けてください。お願いします」

組長はまた土下座して、頭を床にこすりつけた。

「……急なお話なので、少し時間をください。三日間お時間をください」

「そりゃごもっともです。では、いい返事をお待ちしていますよ」

そう言い残して組長は帰っていった。

部屋に残された俺は、サングラス男に言った。

「おい、どうしたらいいんだ?」

「だんな、組長が土下座してまでお願いしたんだ。引き受けないことには、あんたの命が危なくなりますぜ。ぜひ受けてください。俺からもお願いします」

と言って男も土下座した。俺はもうすでにこんな世界に足を踏み入れてしまったのだ。断われば命の危険がある……。

「わかったよ。組長に了解したと伝えてくれ」

サングラス男は喜んで部屋を飛び出していった。

その夜、俺には高級ホテルの一室が用意されていた。ついでに女もリザーブされており、深夜に部屋に入ってきた。俺は東京から大阪への長距離移動と、組長との面会でのあの話で正直、疲れていた。しかし女は全裸になって俺のベッドに入ってくると、俺のパジャマを脱がし、全身を舐め回してきた。そして肉棒にしゃぶりつくと、それはすぐに硬直した。薄明かりの中で見えた女は、有名女優似のいい女だった。テレビの恋愛ドラマの主人公にそっくりだ。

テクニックも素晴らしく、思わず発射しそうになるのをこらえ、女の肉体を攻める。毛布をはねのけ、乳房を揉みしだき、ディープキスをしながら女の花びらに指を入れる。愛液で濡れている。花びら入り口のつぼみを舐める。「あーっ」と女の声が出る。舌はそのまま中に進む。「あー、あーっ!」と声が大きくなる。「入れて」と言われ、俺は硬直した肉棒を挿入する。ピストン開始。女が声を出し、喘ぎ、頂点に達して俺も発射した。

この女も素晴らしいが、めぐみの方が数十倍いい肉体をしている。しかしもう一度、今度はバックから攻めて発射した。女はシャワーを使ってから帰った。組長からのプレゼントだった。

翌日、組長が手配した車がホテルに迎えに来た。サングラス男も乗っていた。

「これから総本部に行きます。組長がお待ちです」

総本部ビルの最上階に行くと、組長が笑顔で俺を迎えてくれた。

「先生、ありがとうございます。大歓迎です」と握手を求めてきた。豪華な調度品、革張りの高級ソファで対面する。すると三人の黒スーツの男が入ってきた。組長は立ち上がってこの三人とも握手した。

「皆さんにご紹介します。この方は今日、うちの組の幹部として入られた鈴木先生です。うちの金庫番として、〝あの方面〟でも期待しています」

組長から三人の男に紹介され、俺は立ち上がって挨拶した。「鈴木」という偽名で紹介されたので一瞬戸惑ったが、知らぬふりをして言った。

「鈴木です。よろしくお願いします。銀行の支店長をやっていました」

三人の男は、広島の親分と福岡の親分、そしてシンガポールのボスだった。四者連合のトップたちというわけだ。年齢は五十代くらいだろうか、皆、精悍な顔つきで眼光が鋭い。

そして高級ワインが運ばれ、乾杯となった。事実上の「手打ち式」だ。

こうして俺は、ヤクザの幹部になってしまったのだった。

暴力団幹部となって

当面、大阪総本部の顧問として、豪華なマンションを与えられ、毎週土日は休みで、平日の週五日は若い衆が運転する高級車で総本部に出勤するという生活が始まった。

朝十時から夜七時まで、組の全国組織の金の動きを管理する。いわゆるシノギからの本部への上納金が正しく納金されているかチェックして、未納金があればそこの組長に連絡して催促する。組の組織は全国に百ヶ所ある。それ以外に、四者連合の事務局長としても調整役をやる。武器・兵器産業からの連絡も来るのだ。

ある日、月に一回の組長たちによる会合が夜あり、下部組織の組長が本部に集まるので紹介すると組長に言われ、俺は本部近くの高級料亭に組長と向かった。

店の中庭の両側に、組長連中が五十人ずつ整列している中央を、組長と一緒に進んでいくと、組長連中が直立不動で最敬礼をする。昔観たヤクザ映画の世界と同じ光景だ。

大広間に通され、俺は上座の組長の隣に座らされた。全国の組長たちもそれぞれ席につく。

司会役の幹部の顔を見て気がついた。梅田支店長の時に、ダミー会社を作らせて五億円を融資した不動産会社の社長だ。社長は俺のほうに向かって小さく頭を下げた。こいつはサングラス男の兄貴分だった。

組長が俺を立たせて言った。

「皆に紹介する。鈴木先生だ。六億円もの金を、うちの組に提供してくださった。また、四者連合の事務局長としても貢献してくださっている大恩人だ。うちの大幹部としてやってもらう。皆よろしく頼む」

「はい！」

組長たちが大声で唱和し、俺は皆に頭を下げて着席した。

そのあとは酒と料理が出て、芸者衆のお酌で旨い酒と料理を堪能し、会合は終了した。

俺には運転手とボディガードとして若い衆が三人ついている。本部に送迎つきで出勤し、仕事をする。ヤクザはこんなにも金儲けをしているのかという実態が初めてわかった。小さい組でも三百万円、大きな組なら二千万円、毎月本部に上納する。その結果、本部には毎月二十億円の金が入ってくる。そしてその内、毎月十億円が政治家たちに流れている。任意団体名で政治献金するというわけだ。この組では国会議員約五十人に献金していた。驚いたのは、警察幹部や検察幹部にも送金していることだ。〝天の声〟はこういう裏取引の結果なのだった。しかし、銀行だって経済界や政界に献金しているので、俺としては「どこも同じか」という感想だ。月に一度は、大阪中の経済界、警察署長を集めて会合を開く。警察の手が出せない案件をヤクザが解決しているのも事実だ。要は〝持ちつ持たれつ〟の関係というわけだ。現代のヤクザは昔のようにドンパチはしない。警察ともうまくつきあっているのだ。


あっという間に一年が経った。

ある日、シンガポール経由で、兵器産業によって五十億円が入ってきた。この中から政治家への献金にも回す。与党だけでなく革新系の野党議員も献金リストに入っている。元防衛大臣も含まれている。この裏金で兵器・武器産業が政事工作をするのだ。また、入ってきた闇の武器は、自衛隊や警察庁だけでなく、ヤクザ組織や右翼にも渡っている。帳簿を見ると、戦後の昭和三十年代からずっと続いていることだ。

俺は各政治家の事務所に献金を送金した。俺自身は組長から二億五千万円のマージンを貰った。月々二百万円の給与の他に、年二回ボーナスもある。銀行員時代とは比べ物にならないほど収入が増えている。若い衆三人に百万円ずつ小遣いを渡すと、三人は大喜びで頭を下げた。

「ありがとうございます！　今までの幹部は一銭もくれませんでした。一生懸命、先生につかえます！」

休日の土日には、めぐみが東京から来る。ヤクザになった今、大阪に呼んで一緒に住むことは絶対にできない。いつ抗争が起きて命の危険があるかも知れないところには呼べないからだ。土曜日にデートをして、日曜日に彼女は帰る。こうして週一回会って、愛を確かめ合うのだ。

そんなふうにして何事もなく平穏な日々が続き、大したトラブルも起きなかったが、二年目に組長が病気のために衰弱し、入院してしまった。当面は組長補佐が代理で組を治めていたが、やがて組長は死去した。

すると、これまでずっと不満を感じていた幹部十人がクーデターを起こし、組を脱退して、抗争が始まった。脱退した組員と昵懇だった広島と福岡のヤクザが彼らに加勢した。ある日、総本部にダンプが突っ込み、シャッターには銃弾が射ち込まれ、ケガ人も出るという惨事が起こった。

「先生、ここは危険なので一時、海外に避難してください。すぐに渡航手配しますんで」

若頭の言葉に、俺は「わかりました、お願いします」と言って、すぐにめぐみに電話をして状況を説明したあと、関西空港から、友好組織のあるシンガポールに渡った。

空港には、俺が初めて総本部に行き、四者連合のトップたちに紹介されたあの時のマフィアのドンが迎えに来てくれていた。市内の高級ホテルにボディガード二名と宿泊してくれ、と案内される。

「先生、ここなら安全です。我々が先生をお守りします」

「ありがとう。よろしくお願いします」

ホテルの部屋のテレビをつけると日本のニュースが流れていて、広域暴力団の内部抗争で大阪は大混乱し、広島、福岡の組織も参入して全国的に拡大しつつあると伝えていた。シンガポールにもいつ飛び火してくるかわからない。俺はここから逃げることを考え始め、めぐみに電話をした。

「こちらには来なくていい。俺は日本に戻る」

シンガポールに来てから数日後の夜、俺はホテルで身支度を整え、裏口から脱出しようとした。ボディガード（実は俺の見張り役だ）二名があとを追ってきたような気がしたが、すぐにタクシーを拾い港に向かった。追手の気配はない。

港内を見ると、日本の国旗をつけた大型の漁船が目に入った。急いでデッキを登り、船内に駆け込む。マグロ漁船のようだ。船長に事情を説明し、乗船の許可を取った。船は今夜出航して日本に帰るとのことで、俺は一緒に日本に連れていってもらえることになった。日本とシンガポールは、飛行機なら直行便で約七時間だが、船だと十一日かかるという。

深夜、船は静かに出航した。めぐみには港を離れる前に連絡を入れ、焼津港まで迎えにきてもらうようにした。

それから十一日後、船は焼津港に入航した。俺は船長に謝礼として十万円を渡した。迎えに来てくれためぐみの車に乗り、二人で例の池袋の地下室に急いだ。到着してテレビを見ると、ニュースで川内組の抗争を伝えていた。組織は内部崩壊し、これを機に警察が大々的に暴力団を排除する動きになったと報じている。政府も「暴力団対策法」を制定し、暴力団を弱体化させる方針だ。これにより、政治家たちに入っていた裏金何百億円もウヤムヤになってしまった。誰にも知られず、誰も責任をとらず、そしてヤクザは消滅する……。これが日本の現実なのだ。しかし武器・兵器産業は変わらず裏で暗躍していてルートを作っている。これも現実だ。

ヤクザ同士の抗争はいつでも起きているのだが、ニュースにはならない。ヤクザが何人死んでも国には影響がない。警察だってヤクザが減ることは大歓迎なのだ。メディアもとりあげない。これが日本の常識なのだ。裏金のことも、もう誰もとりあげない。俺は暴力団幹部となったことで、政治家や役人の裏の顔を見てしまった。汚い！　ヘドが出るほどの汚さだ。日本人の美徳「自分に関係のないことはすぐに忘れてしまう症候群」だ。

俺の貯金も、警察の手配で国庫にすべて没収されてしまった。ただ、こういうことがあるかも知れないと考えていた俺は、時々めぐみに送金していたので、約一億円は彼女名義になっており、没収対象ではなかったので助かった。

　ともかく、めぐみと一緒に日本で暮らすことができれば、俺は何でもできるのだ。何か事業を起こそうか。しばらく池袋の地下室にこもり、あれこれ考える。めぐみは銀座のクラブでチーママになったという。一回くらい客として行ってみたいとも思った。

　そんなある日、久しぶりに外に出て、電車に乗り、新宿の街を歩いた。かつては銀行の新宿支店長として活躍し、やがて梅田支店に栄転したのだ。サラ金屋の店長をやった時も新宿だったな。そんなことを考えながら歩いていた。

　すると突然、背後から忍び寄ってきた何者かに、俺は顔にスプレーをかけられ意識が遠のいた――。

　気がついたら、どうやらバンに乗せられていて、高速道路を走っているようだった。スーツ姿の三人の男の背中が見える。手足は痺れていて動かず、口にガムテープを貼られているので声も出せない。やがて横浜らしい倉庫街に着くと、ガムテープをはがされて何かの液体を無理矢理、飲まされた。甘いオレンジジュースのような味がしたが、すぐに意識が薄れていった。

　――俺は、もう死ぬのか……？

　めぐみの顔が脳裏に浮かび、そして消えた――。

ホームレスから職を転々とする

「おーい、目を開けたぞー」

男が叫んでいる。うっすらと開けた目には、船の中らしい風景が映った。起き上がると、三人の日焼けした男たちが俺を取り囲んでいた。辺りを見回す。シンガポールから乗せてもらったような大きな漁船ではなく、乗組員四、五人くらいの小さな船のようだ。

「あんた、身投げなんかしちゃいけねえよ。命を大事にしろや」

いつか聞いたような言葉だ。

俺は何者かに拉致され、薬を飲まされて海に投げ込まれ、殺されかかったのだろう。誰だったのか……？　ヤクザか、それとも公安か、どちらにしろ、知らなくていいことを知ってしまった俺を葬りたい者がいるということだ。

日本の行方不明者は毎年八万人を超えているという雑誌の記事を見たことがある。最近は認知症からの高齢者の行方不明が増えているらしいし、中には自分の意思で家出する者もいるだろう。しかし、望まず失跡させられる人もいるのだ。俺もその中の一人になるところだった。

こうして、知ってはいけない国家の秘密は守られているのだろう。

俺は小船の船員たちに礼を言い、羽田近くの岸壁で降ろしてもらった。

服を乾かしつつ、しばらく物陰で寝ころぶ。

——よし、本当に失跡しよう。

そして俺は路上生活者、ホームレスになったのだ。

ヨレヨレの服、無精ヒゲ、カモフラージュのためにわざとそうした。上野公園から日暮里、巣鴨そして新宿と渡り歩き、新宿中央公園で元高校教師の江成さんと出会ったのだ。働かなくとも何とか生きていけた。

ホームレスになってわかったのは、皆いろいろな人生の中で人間の汚い部分を見てしまい、そういう人たちがホームレスには多いということだった。だから冷たい人間は一人もいない。しかし皆互いに距離を取るので、人間関係の煩わしさもない。ただ今日を生きるだけで、ノルマもない。上司もいない。自分のことだけを考えて生きていればいい。

だが、この生活は俺には向いていないと思っていた。

約一年間ホームレス生活をした頃、世話になった江成先生が死んだ。

——俺はもう、ここにはいたくない。やっぱり何か仕事をしたい……。

そう思った時に、ふと目が覚めた。

――ああ、そうだ、ここは松江刑務所の独房で、俺は懲役五年で服役し、二年が過ぎたところだった。まだ辺りは暗いが、なんだかずいぶんと長い長い過去の夢を見ていたようだな。

……そうだ、暇にあかせて書き続けている「回顧録」に、新宿のホームレスから脱した経緯と、米子に来た頃のことを、今日の余暇時間にもう少し詳しく書きとめておこう。

俺がホームレス生活から脱したいと思い始めたある日、拾ったスポーツ新聞の求人欄を見ると、人材派遣会社が住み込みで鳥取県にある工場の求人を出していた。

俺は新宿から上野の人材派遣会社の事務所まで二時間半ほど歩いて面接に行った。そこで、「履歴書はいらない。偽名でもいい」と言われ、その場で採用され、そのまま世話人と一緒に東京駅に行って新幹線に乗せられた。名古屋での現地の世話人との待ち合わせ場所が書かれた紙片を渡されただけだった。あとからわかったことだが、事務所で新幹線の切符を渡して一人で行かせると、乗車しないで切符を換金してしまう者が多いらしい。だからわざわざ世話人が乗車を確認するのだという。要は、誰でもいいから人数を確保して現場に送り込むのがその世話人の仕事らしい。名古屋の世話人は、必要な人数が揃ったら現地の世話人に引き渡すことが仕事だ。

名古屋駅で下車し、紙に書かれた指定の待ち合せ場所に行くと、サングラス姿の世話人が待っていた。こいつもヤクザか？　と思ったが、指示に従う。駅からバスに乗り、十五分ほどでとあるアパートに着いた。世話人が言う。

「名前はどうしようか」

「鈴木。鈴木一郎にするよ」

世話人は俺の胸に「鈴木一郎」と書いた名札を貼った。俺はこの時から「鈴木一郎」になったのだ。

「過去は関係ない。すべて消し去り、これから働いてくれればいい」

車の中で世話人はそう言っていた。

アパートは一時待機所で、すでに三人が着いていた。年齢は六十代が二人、四十代が一人、そして俺は四十五歳だ。それぞれヨレヨレの服に名札が貼ってある。小林と大山と田中だ。大山は小指の第一関節がなかった。元ヤクザだ。

三日後、待機所にいるのが八人になると、世話人が来て言った。

「明日六時に鳥取県へ出発する」

雇用条件は一切説明がないまま、仕事先に出発となった。八人の内訳は、六十代が三人、五十代が二人、四十代が三人。元ヤクザ風が五人で、元サラリーマン風が三人だ。八人の会話はほとんどなかった。

翌朝六時、世話人の運転するマイクロバスで出発した。名古屋から鳥取まで約五時間の移動である。東名阪から名神を通り、岡山から中国自動車道、そして米子道を進み、米子が近づいてくると富士山に似た山、大山（ダイセン）が見えてきた。そして一般道を走り、鳥取県米子市に到着。車内ではおにぎり三個を食べた。

米子市内の賃貸マンションの二室が俺たちの宿舎になっていた。八人を四人ずつに分け、二班に分かれて入居する。俺たちが入った部屋には、すでに三人の先輩がいた。２ＤＫの部屋で七人が生活するのだ。挨拶して座る。先輩たちは元ヤクザと元自衛隊と元ホームレスで、一ヶ月前に来てもう働いているという。最初はあと四人いたらしいが、その人たちは一ヶ月で辞めてしまったそうだ。仕事がキツイとか、人間関係がうまくいかないとか、あとは万引で逮捕されたりとかで三人しか残らなかったらしい。

勤務時間は、俺たちの部屋は早番スタートで、朝六時半から十六時半まで。隣の部屋は十三時から二十二時勤務で、これは一週間交代だと言われた。そして土日は休みとのこと。

給料は毎週月曜日の夜に、一日千円で一週間分の七千円が配られ、拇印を押して受け取る。ということは二万八千円の月給となる。家賃、米代、電気・ガス・水道代を会社が天引きしての額だという。とんでもない仕事についてしまったと思ったが、もう遅い。食事と寝るところがあるだけでもホームレスよりはマシか……と納得するしかなかった。着いたその日は雑魚寝をした。

翌朝六時、世話人の運転するマイクロバスで、七人は工場に出発した。米子から約五キロの大山町というところに工場はあった。山奥の工場だ。着くなり身体測定をされ、大柄な俺は力仕事、小柄な奴は軽作業に振り分けられた。これで給料が同じとは、なんだか不公平だ。

俺の仕事は、作業服を着て、カレー粉、小麦粉、調味料などの三〇キロの袋を直径一メートルはあるナベに投入し、大ベラでかき回すというものだった。室温五〇度にもなるところで八時間働くのだ。慣れない重労働で、すぐに全身汗びっしょりになった。

今まで重労働などしたことがなかった俺は、宿舎に帰ると全身筋肉痛で寝ころんでいるしかなかった。そして、初日はそのまま眠ってしまった。

夜になって雑音で目が覚めた。サイコロを丼に入れて振り、出目が丁半どちらになるか賭ける博打をやっている。なんでも「チンチロリン」と言うらしい。一回十円を賭けてやっていて、俺も誘われたが断わった。その時の全財産は八十円しかなかったのだ。

一週間仕事をすると、体が慣れてきて筋肉痛もなくなった。そして月曜日の夜、世話人から前払給料七千円がそれぞれに配られた。注意事項があった。現金は身につけていないと盗まれるそうだ。食事は米代天引で、おかずは各自が給料から自分で買ってきて、他の人の目につかない場所に隠すようにとも言われた。おかずの盗難もいつもあるそうだ。考えてみれば全員偽名で、どこの馬の骨かわからない奴ばかり、犯罪歴のある奴らも多い集団なのだ。それも仕方ないかと納得した。

めぐみには電話をして、鳥取にいることだけを話し、必ず帰るがしばらく連絡できないと伝えた。

「私のところに帰ってくればいいのに」と言うので、ヤクザか公安に消されかかったと話すと、

「わかった……。必ず帰ってきてね。それまで私、頑張るから……！」

と涙声で言った。俺はめぐみのため必ず復活すると誓った。

宿舎ではよくケンカが起きた。ささいなことでも取っ組み合いになる。世話人が飛んできて、ケンカをしている二人に、「週七千円を二千円に減額するぞ！」と大声で怒鳴る。するとケンカは止まるのだ。

こんな事件も起きた。隣の部屋の青木という男が脱走した。世話人も、よくあることだと探しもしない。すると翌日の昼のニュースで奴が報道された。広島のコンビニに強盗に入り、店員を包丁で刺し重傷を負わせ警察に逮捕されたのだ。皆でテレビを観ていて「あいつだ！」と

騒いだ。それからこのマンションの駐車場にはパトカーが毎日待機するようになった。犯罪者集団の可能性が高いということで警察がマークしだしたのだ。

俺は一週間分の給料七千円をすぐに使わず、翌週の分と合わせて一万四千円になったら、米子駅前の居酒屋に行くことに決めた。やがて「ゆきこ」という店に月に二回通うようになった。とても気立てのいいママが迎えてくれて、一回三千円くらいで飲めて、旨い料理も出た。ありがたかった。

部屋では夜は博打かケンカなので、俺は夜もバイトをすることにして、みんなが寝静まった深夜に宿舎に戻るようにした。バイトは十九時から二十四時までで、弁当屋の配達だ。工場の収入は月に二万八千円しか貰えないので、バイト代の四万円はありがたかった。金は、銀行に口座を作って貯金した。現金を持っていると宿舎の誰かに盗られる可能性があるからだ。

六ヶ月ほど工場勤務をした頃のある日のことだ。午後一時半頃、作業中に鳥取県西部地震が起きた。最大震度6強の大地震で、工場の壁に亀裂が走り、天井も落ちてきた。二階から階段を下りる時、階段が波打っていて足元もかなり壊れていた。やっとのことで外に逃げたが、数人が転倒してケガを負った。工場の敷地は波打ち、地鳴りがした。目の前の墓地の墓石も倒壊した。こんな大きな地震は初めだ。そして工場は崩壊し、仕事ができなくなってしまった。世話人は十三人を連れて別の派遣先へ移動した。俺はバイトもやっていたし、奴らと一緒にいたら自分が駄目になると思い、鳥取に一人残ることにした。しかし、バイト先の弁当屋も被災し、閉店してしまった。無職になったのだ。給与とバイト収入で通帳には十五万円貯まっている。しばらくはビジネスホテルに泊まれるが、いずれ底をつく。またホームレスか？　いやな予感がした。

とりあえず駅前の馴染みの居酒屋「ゆきこ」に行った。店内は、棚から酒瓶が落ちて割れていたり、茶碗や皿も割れて、足の踏み場がない状態だった。ママは気落ちして座り込んでいる。すると、時々店で会う常連さんたち五人が来たので、俺と合わせて六人で片付けを始めた。二時間ほどかけて、店はきれいに片付いた。ママは大喜びで、被害のなかったビールや酒を出してくれた。

「お代はいらないよ」と焼き鳥も出してくれたので、七人で飲んだ。

一週間で店の活気は戻った。常連さんたちがママを応援して復活できたのだ。俺もめいっぱい手伝った。

そんなある日、常連さんに今後の仕事を紹介してもらおうと店に行った時のことだ。チンピラが常連さんに因縁をつけ、ナイフを出した。俺が仲裁に入ったら、そいつは今度は俺にナイフを向け、振り上げた。とっさに俺がカウンターにあったビール瓶でそいつの頭を思いきり殴ると、そいつは頭から血を噴き出し、倒れて動かなくなった。ママが救急車を呼び、チンピラは病院に運ばれていった。そしてすぐに警官が二人来て、俺は逮捕されてしまったのだ。

ママと常連さんたちが、「この人は悪くない。相手が先にナイフで刺そうとしたんだ。この人は正当防衛だ」と言ってくれたが、俺は手錠をかけられ、パトカーに押し込まれた。

俺はブタ箱に入れられた。勾留というものらしい。何を言っても取り合ってもらえなかったが、相手は全治三ヶ月の重傷だと聞かされ、「死ななくてよかった……」と、心の中でホッとしたのも事実だ。それでも逮捕されてしまったからには、もう諦めるしかないと観念した。しかし警察の取調べで、今回の傷害の件より、前の逮捕の件が判明したらと、そっちのほうが心配だった。だが、この田舎町の警察には前の件の手配は来ていなかったようだ。警察の縦割り行政と縄張り意識で、他県のことには関知しない。そんな仕組みが俺を救ったのだ。皮肉な幸運だった。しかし、住所不定と偽名については追及された。

ところが、俺が逮捕されたあとすぐに、居酒屋のママと常連さんたちが嘆願書と署名を集めてくれて、俺は七日間で釈放されたのだ。

ママに礼を言いに店に行ったら、初めて見る中年の客がカウンターで飲んでいた。

店に入るとママが俺に言った。

「あら、鈴木さん、やっと出られたの？　ご苦労様でした。とんだ災難だったわね。あっ、そうだ。いい人を紹介するわ。この方、高田さんていって、タクシー会社の所長さんなの。あんたのこと話したら、雇ってくださるって。もちろん寮もあるってよ」

「えっ、いいんですか？　こんな俺でも」

「もちろんだよ。あんたの男気に惚れた。俺んとこでぜひ働いてくれ」

　こうしてトントン拍子に就職先が決まった。

　俺は運転代行のアルバイトを始め、二種免許を取る技能試験を受けるために、昼間は試験場に毎日通った。そして二週間で二種免許が取れた。タクシー会社の正社員として、駅前ロータリーで客を待つタクシー運転手になったのだ。

　それから二年間、一生懸命に働いた。ここは観光地なので、いい客に当たればラッキーだ。半日観光で鳥取砂丘から境港、松江城、出雲大社を回って出雲空港までだと約八万円の売上げになる。めったになかったが、二年で三回当たった。

　タクシー運転手の給料は完全歩合制なので、基本給はゼロであり、仕事がなければその日の給料は〇円なのだ。とにかく遠距離の客を乗せないと苦しい。俺は昔、銀行で「お客様は金様（カネサマ）だ」と叩き込まれていたので、その経験からお客様サービスはしっかりと身についていた。そのため、お客から好印象を持ってもらえるように努力し、安全で快適な運転と会話を心がけて仕事をした。地域のいろいろな観光地についても勉強して、観光ガイドができるくらいにした。一度乗ってくれたお客が俺を気に入り、「次に来た時も、またあなたの車に乗るわ」と言って、次回から指名してくれるようになったこともある。

売上は順調に上がり、「ゆきこ」のママも、店から帰るお客を乗せるタクシーに俺を指名して売上に貢献してくれた。売上トップの月が六回くらいあり、ボーナスも貰えた。

ところが、ちょうど二年が経った頃、高田所長が亡くなってしまったのだ。お世話になった所長の死で俺は落ち込み、タクシー会社を辞め、また無職になってしまった。

貯金は百万円になっていたし、三ヶ月間は失業給付金が貰えて月二十万円収入があったが、やがて給付期間が終了となって、俺は仕事を探しに職安に行った。求人募集のファイルを見たが、田舎なので「農家の草取り手伝い」とか「畑のこやしまき」ぐらいの仕事しかない。しかし一件だけ、目についた求人があった。中国相手の貿易会社だ。

早速、職安の紹介状を持って面接に行った。事務所に入るとすぐに応接室に案内され、女性がお茶を持ってきてくれた。中国茶だ。

「ここでお待ちください。社長がまいります」

カタコトの日本語で、すぐに中国人だとわかった。

社長が入ってきた。体重一〇〇キロはありそうな中年だ。

「あんた、パスポート持ってる？」

「はい、あります」

「よし、じゃ採用だ」

あっけなく採用になってしまった。

「十日後に中国の上海に行く。準備しといて」

予定どおり十日後、俺は社長と米子空港のロビーにいた。そこへ、いかにも田舎くさい男が走ってきた。社長は俺に目くばせし、丁寧にお辞儀をさせた。

「こちらはお客様の田中様だ。これから一緒に行く。よくお客様のサポートをしてくれ」

三人で飛行機に乗り込む。米子から上海までは約二時間。時差は一時間なので、ないも同然だ。

無事に上海の虹橋空港に到着すると、空港ロビーにある両替カウンターで、社長は百万円、田中さんは五十万円、俺は十万円分を人民元に両替した。日本の紙幣に比べるとペラペラでシワくちゃの、毛沢東の肖像が入っている札だ。この頃は円高だったので、かなりの札束になった。それをカバンに入れて空港から外に出る。

タクシーで上海の街を走った。タクシーは左ハンドルのＢＭＷだ。この街は大阪と風景が似ているると思った。梅田のオフィス街と、難波の商業地と、天王寺あたりのドヤ街に似た場所もある。とにかく人が多い。そして誰も信号を守らない。タクシーは七〇キロくらいのスピードで、人をよけながら走っている。ヒヤヒヤの連続だ。

十五分ほどでホテルに着くと、社長は運転手に日本円で一万円くらいもチップを渡した。運転手は大喜びで、最敬礼をして帰っていった。

「田中さん、そろそろ食事にしませんか?」

と社長が声をかけ、ホテル最上階のレストランに三人で向かう。レストランの入り口で、社長は流暢な中国語で店のボーイに何か言った。するとホテルの総支配人が飛んできて、オドオドした態度で俺たちを案内した。一番奥の個室だ。いかにも中華っぽい装飾で、天井から赤いランタンが吊るされ、豪華な丸テーブル、なぜか虎とパンダの置き物があった。

中国茶を飲んで待っていると、一人の美人ウェイトレスが入ってきた。そして突然チャイナドレスを脱ぎ捨て、下着も取り、全裸になると、俺たちのそばに来て手を取り、乳房を触らせ、乳首を吸わせ、そして手を茂みに持っていき、花びらに指を入れさせたのだ。十分ほどそんなサービスをして、チャイナドレスを着て個室を出ていった。

田中さんは女性経験が少ないのか、顔を真っ赤にして「はあ、はあ」と息が荒くなっている。

一方、社長は「こんなの当たり前のサービスだ」と平静な顔をしている。俺は女経験はそれなりにあるので、両者の中間くらいか。

そのあとは豪華な中華料理が運ばれてきた。食中酒はお決まりの紹興酒、それも八十年物の最高級だ。俺たちは旨い料理と酒を堪能して店を出て、三人で繁華街にくり出し散策した。俺たちが日本人とわかると売り子たちが次々にやってきて、ロレックスの偽物とか、何か得体の知れない精力剤などを勧めてくる。相手にせず進んでいくと、社長が田中さんに言った。

「田中さん、さっきの店だけではストレスがあるでしょう？　本番ＯＫの店があるので、スッキリしましょう」

そう誘うと田中さんは顔を赤らめつつも「行きましょう」と返事。三人でその筋の店に行き、ロビーで好みの女性を選んだ。田中さんは三十代のポッチャリ美女、社長は十八歳のスレンダー美女、そして俺はめぐみに似ているセクシーで可愛い女性を選んだ。二時間、それぞれと個室で遊ぶのだ。

俺の個室にめぐみ似の中国人美女が入ってきた。顔も体もめぐみにそっくりだ。国が違ってもこんなに似た人がいるのかと目を疑った。中国版めぐみはすぐに全裸になった。乳房も茂みも腰のくびれも、めぐみそのものだ。俺の肉棒は硬直した。俺も全裸になり、シャワータイムだ。全身を丁寧に洗ってくれた。俺も彼女の体を丁寧に洗った。シャワーから出てバスタオルで拭きっこをしてベッドへ移動する。彼女とキスをし舌をからめ合う。乳首をしゃぶり、舌を下半身におろし茂みをまさぐり、花びらに突入した。「あーっ」と声が出る。かまわず奥まで進む。「あーっ！」とさらに大きな声。「いれてほしい……」というカタコトの日本語が可愛い。ピストンはち切れそうな肉棒を突入させ、ピストンを開始する。「あっあっ」と声をあげる。ピストンのスピードを全開にして頂点に達して発射した。俺がしばらくそのままの体勢でいて、これで終わりだろうと思っていたら、「お客さん、まだしていいのよ。時間、まだある」と彼女。

するとコップに水を入れて俺に飲ませてから、彼女が俺の上にまたがった。小さくなった肉棒を口に含み、舌をからませ攻めてくる。また硬直してきた。彼女はそれを自分で花びらに差し込み、腰を上下して攻める。俺は乳首に吸いつき舌で舐める。彼女の腰使いはうまく、俺は思わず出そうになるが、グッとガマンする。そして彼女を四つん這いにしてバックから肉棒を突入させ、すかさずピストン攻撃だ。「あっあっ……！」と彼女は声をあげ、「もっともっと」と欲しがった。一気に頂点に達し、二発目を発射した。

そしてもう一度シャワーを浴び、コーヒーを飲んでると、「お客さんすごいよ、大きいよ。私とても興奮したよ」と言ってくれた。

「いや、君もとても素敵だったよ」

すると可愛い笑顔で、「また来てね。待ってるよ」と送り出してくれた。

外で待っていると、社長と田中さんが満足げに店から出てきた。こうして三人の中年男はホテルに帰ったのだった。翌日から本当の仕事が始まる。

この会社は、山陰地方の田舎の農家の長男を対象に、嫁の来てがない男を「国際結婚しませんか？　中国娘のとびきりの美女を紹介します」と勧誘するのが仕事だ。職安の求人ファイルには「貿易会社」とあったが、貿易とはつまり中国女性の輸入ということになるのか。

そして、中国のモデルやタレントの卵を集めて、農家の長男を中国に連れていき見合いをさせる。それぞれ気に入った女に金を渡し、三日間、中国国内を新婚気分で旅行させ、男たちは日本に帰す。家で待つ両親には中国娘とのツーショット写真を見せて安心させ、会社側からは「これから彼女の入国手続きに入ります」と伝え、実は何もしないのだ。しびれを切らした相手から問い合わせがくれば、「中国は共産国なので、手続に時間がかかるのです」と言い訳をする。しかし、いつまで待っても中国娘は日本には来ない。要するに結婚詐欺だ。客からは三百万円を取り、諸費用を引いても二百万円の利益が出る。結婚が失敗に終わっても一円も返さない。「今回はご縁がなかったですが、当社は韓国もフィリピンも扱っております。またご利用ください」で逃げてしまうのだ。俺は社長に「訴えられたりしないんですか？」と聞いたが、「五年間、一度もないよ」と言っていた。俺的には罪悪感があったが、雇われている立場なので仕事と割り切ってやった。

その後、半年くらいの間に俺も客を二人見つけてきて、一人に対し五十万円の報酬を貰った。しかし、二回目の報酬を貰ったその翌月、社長が逮捕されてしまった。容疑は詐欺と脱税と金の密輸だった。俺は知らなかったが、社長は靴の底を細工して金を運んでいたらしい。また、偽のロレックスやシャネルのバッグを身につけて帰り、米子のキャバ嬢らに高く売っていたとのこと。俺も事情聴取されたが、社員として働いていただけなので不起訴になり、釈放された。

しかし会社は潰れ、俺はまた無職になった。

再会と新たな出会い

駅前の居酒屋「ゆきこ」に久しぶりに顔を出した。

「まー、鈴木さん、久しぶりねえ。座って座って」

カウンター席の俺の定位置にママがおしぼりを置いた。俺はビールを頼んで手を拭きながら、ママと常連さんたちに上海での話をした。

「その社長、悪人だよなー。嫁が来ない中年男をカモにして儲けて、脱税して逮捕なんてさ、とんでもないところに就職しちゃったなあ、鈴木ちゃんよ」

「なかなか仕事がなくて、職安の紹介で行ったところなのになあ」

そんな話をしながら、常連さんたちと飲んだ。

俺は、東京に戻ってめぐみと暮らすか……と時々考えるようになってきた。だが、ここは田舎だから平和だが、一時にせよ広域指定暴力団の幹部をやって国家の機密を知ってしまった俺だ、またいつ追われ、抹殺されるかも知れないので、東京に戻ることをためらっていた。

そんな時、居酒屋「ゆきこ」にめぐみから電話が入ったという。連絡先として「ゆきこ」の電話番号をめぐみに伝えていたことを思い出した。しばらく連絡できないとは言ったが、鳥取でもめぐみとの接点を作っておきたかったのだ。もう公安からもヤクザからも逃げなくていいのなら、今すぐにでも東京に帰りたい。そしてめぐみと一緒に暮らすのだ。ホームレスを脱して鳥取に流れついてからもう四年近くが過ぎている。めぐみに最後に会ったのは、俺がホームレス生活を始める前だから、五年近くめぐみに会ってないことになるのか。確か今年三十一歳になるはずだ。

「鈴木ちゃん、きのう〝めぐみ〟って女の人から、鈴木ちゃん知らないかって電話があったけど、何かマズイ関係の人なら、知らないって言おうか?」

「いや、それ俺の東京の彼女だよ」

「そうなの。じゃ、ここにいること言っていいのね?」

「ああ、元気だって言ってくれ。彼女の電話番号を聞いといてくれ」

「わかった。また電話くるはずだから」

それから一週間後に店に顔を出すと、ママがめぐみの電話番号のメモを渡してくれた。前の携帯番号とは違っている。きっと彼女もヤクザや警察に俺の居場所を聞かれて苦労したんだろう。申し訳ない気持ちでいっぱいになった。

早速、彼女の携帯にかけてみる。何度かの呼出音のあと、「はい、めぐみです」と懐かしい声が聞こえた。

「俺だ。わかるか?」

「はい、あなた……」

声にならない泣き声のようだった。

「苦労かけてすまなかった。元気だったか?」

「ええ。あれからヤクザや警察から、あなたの居場所を知らないかと、ずいぶん聞かれたわ。でも、ここ一年くらいは来なくなったのよ」

「そうか。どこかで会えないか?」

「私、そっちに行くわ。あなたの携帯の番号を教えて」

「うん、俺の携帯は、090——」

「わかったわ。嬉しい……、やっと会えるのね」

「ああ、久しぶりに一緒に旨い物でも食おう」

めぐみは三日後に米子に来ることになった。会うのはもちろん居酒屋「ゆきこ」だ。俺はママに事情を話した。

「鈴木ちゃんの彼女が来てくれるんなら、常連さん集めなくちゃ」

「ママ、勘弁してくれよ。俺だって一応恥ずかしいんだから」

「わかったわよ。普通の営業体制でやるわ。でも、たまたま常連さんたちがいるかもね」

「まあ、二、三人ならいいよ」

めぐみが来る日、俺は約束の時間よりも少し早めに「ゆきこ」に行った。常連さんが二人来ていた。五年ぶりにめぐみに会える。三十歳を過ぎためぐみは、大人っぽくなっているだろうか？ 色っぽくなったかな？ いろいろ思いながら、俺はめぐみが来るのを待っていた。

「鈴木ちゃん、いい顔してるよ。待ち遠しいねえ」とママが冷やかす。「なんだい、鈴木ちゃん、誰か来るの？」と常連さんが聞く。

「ああ、彼女が東京から来るんだ。会うのは五年ぶりくらいでね」

「そうかい、久しぶりに会えるのか。そりゃあよかったなあ」

この人は俺が正当防衛で逮捕された時のことを知っている。米子で俺が経験したことをみんな知っている馴染みの常連さんなのだ。

「苦労したからなあ。でも、鈴木ちゃんは米子市民として立派に生きてるよな」

「いや、そんな大したことしてないよ」と話していた時、店のドアが開いた。めぐみだ！

「今晩は、めぐみです」

「いらっしゃーい！ まあ、きれいな人」

ママが迎えた。

めぐみは俺を見ると、涙を留めて抱きつき、キスをした。

「おいおい、熱いなー」

常連さんの言葉に、めぐみは他の客がいたことにようやく気づいたのか、俺から慌てて離れた。

「恥ずかしい……。私、どうしたんだろう？」

「お二人さん、いいよ、いいよ、思う存分抱き合ってよ。俺たち見てないから」

めぐみは頬を真っ赤に染めて常連さんたちに頭を下げた。

めぐみはすっかり大人の女になっていた。おっちょこちょいなところがあるのは変わらないが、色気が増し、少し太ったかなというか、グラマーになっていた。五年の月日の流れを思う。彼女もいろいろあったのだろう。

俺とめぐみがお互いに見つめ合っていると、ママが陽気に言った。

「さあさあ、乾杯しましょ。二人の再会だもの、みんなで祝福しましょ」

「そうだ、そうだ」

常連さん二人が音頭をとってくれて、皆でビールで乾杯した。

「じゃあ、俺たち帰るわ。ママ、お勘定して」

「あら、どうして？」

「二人だけにしてやれよー。ゆっくり再会を祝わせてやれよ」

「私もいたらダメなの？」

「ママは二人の媒酌人として許す」

「わかったわ。邪魔しないからね」

とママがめぐみに言う。

「いえ、そんな、大丈夫です。お二人もまだいらしてください」

「いや、俺たちもう一軒予定があるからいいんですよ」

そう言って常連さん二人は出ていった。

「じゃあ、もう貸切にしちゃおう」

ママがすかさず店の看板を消した。

「……久しぶりだな。元気だったか？」

「大丈夫よ。あなたは？」

「まあ、いろいろあったけど、ママにずいぶんお世話になったよ」

「ママさん、ありがとうございました。感謝してます」

「なーに、大したことしてないよ。それに、鈴木ちゃんは強いから心配してなかったよ」

「でも、ママが嘆願書と署名を集めてくれなかったら、今頃、俺、刑務所にいるからな」

「そうだったの？　改めて、ありがとうございました」

「あの時は本当、必死だったのよ。でも鈴木ちゃんのこと知ってる常連さんたちも頑張ってくれて、二百人以上も集めてくれたのよ」

思い出話をしながら、ママが山陰の名物を使った郷土料理を作ってくれた。

「おいしい！　ママさん、お料理上手ですね」

「作り方教えてあげる。あなたが鈴木さんに作ってあげて」

「はい。ぜひ教えてください」

「鈴木ちゃん、この娘いい娘ね。絶対に離しちゃダメよ」

「うん、大丈夫。絶対離さないよ」

「今日はもうアタシも飲んじゃうよ。今夜は二人の再会祝い。私は立会人」

三人でまた乾杯すると、ママが言った。

「ねえ、二人は結婚しないの？」

「俺はまだ追われてる身なんでね、彼女を巻き込むわけにいかないよ」

「私、巻き込まれてもいいです。一緒にいられたら私、どうなってもいいんです」

「そんなことできないよ」

「鈴木ちゃん、これから東京で二人で暮らしなさい。それが二人にとって一番いいわよ」

「うーん……、考えてみるよ」

「ママさんの言うとおり、一緒に帰ろうよ。——あっ、そういえば佐々木さんのこと覚えてる？」

「佐々木さん？　誰だっけ？」

「ほら、元ヤクザの、最初は事故で知り合った人よ」

「あっ、あー、あの人か？」

「そう。私、あなたが消えてから、あの人にいろいろ助けてもらったの。佐々木さん、あなたが鳥取にいるって知って、ぜひとも会いたいって言ってたわ」

「今、俺がここでこうしていることには、あいつ、かなり関係があるからな。俺も今じゃあいつに会いたいと思うことがあるよ」

「ね、私と東京に戻って」

「そうだな。……もう隠れる必要がなければいいが」

「もう大丈夫なんじゃない？」とママ。

「ねえ、一緒に戻ろう」

めぐみが肩にしなだれかかってくる。

「よし。ママ、一旦東京に帰るよ。でも、必ずここにまた来るよ。米子は俺の第二の故郷だからね」

「そうよ、鈴木ちゃん。ここは第二の人生出発点だもんね」

結局、めぐみの望みどおり、俺は東京に戻ることに決めた。

この日は駅前のビジネスホテルに二人で宿泊した。一緒にシャワーを浴びる。本当に久しぶりのめぐみの体だ。めぐみはすっかり成熟して肌のつや、はり、女体の輝きが増し、乳房も少し大きくなっていた。久しぶりで恥ずかしいのか前を手で隠し、少し頬を赤らめている。

「やだー、そんなに見ないで」

「いや、めぐみ、前よりずっと色っぽくなったな」

「五年近く経ったんだもん。私だってそれなりに大人になってくわ」

「そうだな……」

濃厚なキスをして抱き合ったあと、泡をつけ合ってお互いの体を洗いっこしていると、俺の肉棒は硬直した。

「あら、こんなに元気になった」

めぐみは優しくそれを洗ってくれた。思わず出そうになるのを必死でこらえ、今度は俺がめぐみの乳房と花びらを入念に洗ってあげた。「あっ……」と彼女が声をあげる。舌と舌をからめ合い、それから男女がからみ合う。浴槽に入り、湯の中でドッキングした。

ああ、この感触だ。五年ぶりのこの感触と快感、間違いなくめぐみだ。初めて結ばれた時から、この感触はずっと忘れていない。俺とめぐみは昔からこうなる運命だったのだ。めぐみは男性に興味がなく、レズビアンで女性とのセックスしか体験がなかった。俺が初めての男だったのだ。

「あなただわ……、やっぱり素敵……！」

めぐみは恍惚の表情でそう言った。俺たちは浴槽の中で同時に頂点に達したあと、ベッドでもう一回頂点に昇った。


翌日、二人は羽田行きの飛行機に乗った。やがて東京の高層ビル群が眼下に見えてきた。鳥取県に四年ほどいたので、別世界に来たようだった。

空港からめぐみのマンションまでは約一時間で着いた。めぐみはあれからも、昼は商社勤め、夜はクラブのホステスを続けていた。以前は赤坂の高級マンションに住んでいたが、俺が失踪してから、家賃のことを考えて引越したそうだ。俺のせいで彼女にはずいぶん迷惑をかけてしまった。

「もう一人にしないよ」とめぐみを抱き寄せた。

「ありがとう。これからは何があってもずっと一緒よ」

めぐみが目を潤ませて答える。めぐみを絶対に離さない、と俺は誓った。その時は、これからまた起きる波乱の人生の続きなど想像もしていなかった――。

めぐみの作った料理を食べるのも久しぶりだ。俺の好みを考えて、肉中心の料理を作ってくれた。旨かった。正式に婚姻届を出そうかとも考え始めた。

翌日、めぐみは商社に出勤した。今日は商社からクラブ直行で、帰宅は深夜になるという。リビングで一人ボンヤリしていた時、携帯に電話が入った。見知らぬ番号で、どうしようか考えたが電話に出た。

「もしもし」

「だんな、久しぶりです。誰だかわかりますか？」

懐かしい声だった。

「ああ、わかるさ。サングラスヤクザだろ？」

「だんな、人聞きの悪い言い方は勘弁してくださいよ。今じゃ足を洗ってカタギですわ」

「何をしてるんだ？」

「埼玉県の所沢ってとこで店やってます。他に二店のオーナーですわ」

「へーっ、出世したな。例の抗争で死んだかと思ってたよ」

「いえね、あん時は海外にいて助かったんすよ。運がよかったんす。だんな、今度うちの店に来てくださいよ。フィリピンパブやってるんす。可愛い娘がいっぱいいますよ。だんな、女好きだから」

「余計なお世話だ。じゃあ、今夜行っていいか？」

「もちろん大歓迎です。来てください」

こいつにはすっかり人生を狂わされたが、今ではもう恨んではいない。かえって会いたいとすら思っていた。俺は夕方、めぐみにメールを送ってから奴の店に行った。

「イラッシャイマセー」

カタコト日本語でフィリピン娘が迎えてくれた。

「オーナー、いる？」

「ハイ、マッテテチョーダイデース」

少し待つと、今は佐々木と名乗っているらしいあのサングラス男が出てきた。サングラスではなく、フチなし眼鏡をかけていて白髪が目立つ。そして本当に足を洗ったとみえて、左手小指の第一関節がなかった。

「だんな、本当にお久しぶりです。あっしのせいで人生狂わしちまった。申し訳ありません」

佐々木は深々と頭を下げた。

「いや、もう何も恨んでないよ。かえって銀行の冷たさがわかって、辞めてよかったと思ってるよ。あん時の組長にもお世話になった」

「もう組もバラバラになって小さくなっちまいましたよ。警察の監視もあって、シノギもなく倒産状態です。あっしも辞めてよかった」

奥のほうの席に案内され、二人でゆっくりと昔話をした。恨みどころか昔からの親友のような感情も出てきている。俺は佐々木に聞いた。

「独身？」

「いえ、フィリピンに妻と子供がいます。単身赴任ですわ」

聞くと、フィリピンで日本人観光客向けのパブを大成功させたので、日本でも三店持つようになったとのこと。

「実業家じゃないか。そんな商才があったんだな」

「いやー、運がよかっただけですわ。そうだ、だんな、うちの店の娘たち紹介しますわ」

佐々木はそう言って、パンパンと手を叩いた。すると、二人のフィリピーナがテーブルに来て、シンディーとシルビアと名乗った。どちらも二十歳だという。俺はシルビアが気に入った。どことなく日本女性の雰囲気があり、日本語も上手だ。佐々木とシンディーは席を立ち、シルビアが俺についた。

店は中年客を主体に盛況だ。俺がシルビアとウイスキーを飲んでいると、やがてショータイムになった。十人くらいのフィリピーナがフラダンスを踊る。次にブラジャーをはずし、ポリネシアンダンスになった。乳房を揺らしながら美女たちが踊る。それが終わると、客の拍手が一層大きくなった。何があるのか？　と観ていると、なんと下も脱ぎ捨て、全裸のヌードダンスになった。客のそばに全裸の美女が近づき、セクシーダンスをするのだ。隣のシルビアを見ると、目を手で覆って頬を赤らめている。この娘は可愛い。この娘はウブだ。この娘を抱きたいと俺はその時思った。

俺は帰り際にシルビアに優しく囁いた。

「俺が奢（おご）るから、今夜デートしてほしい」

「エッチはダメよ。デートだけなら行ってもいい」

そう答えてくれたので、オーナーの佐々木に許しを貰い、二人で街に出た。シルビアは美しい。可愛い。二十歳の娘と五十近いオッサン。まるで父娘だ。

「何食べたい？　何でもいいよ」

「うーんと、焼肉が食べたい」

「いいよ。焼肉にしよう」

駅前の焼肉屋に入る。彼女はニコニコして席に着いた。

「何でもいいよ。頼んでくれよ」

「じゃあ、カルビとミノとロースお願いします」

彼女の日本語は素晴らしい。

「日本語、どこで習ったの？　すごく上手だね」

「お母さんが日本人です。パパはフィリピン」

「そうか、ハーフか。どうりできれいだと思ったよ」

「きれいじゃないよ。お店にきれいな人たくさんいるよ」

「いや、君は美しいよ。俺は好きになっちゃった」

「嬉しい。鈴木さんのこと、私も好きになりそう」

「ああ、好きになっていいよ」

その日は二人で食事だけして、何もしないで店に送った。すると佐々木が確認するように俺に言った。

「だんな、今日はありがとやんした。シルビア、いい娘でしょう。手は出してないでしょうね？　だんな女好きだから」

「指一本ふれてないよ。信用ないなあ」

それからは週一回、俺はシルビア指名で店に通うようになった。

「鈴木さん大好き、いつも指名してくれるから」

可愛い瞳で俺を見上げる。もうあれから六回も来てしまった。俺はシルビアの魅力のとりこになってしまったのだ。

ある日の昼頃、シルビアから電話が入った。店ではダメだというので彼女の待つカフェに行った。

「どうした。何かあったのか？」

「鈴木さん、私にお金貸してほしいの」

「いくらいるの？」

「三十万円いるの」

「何に使うの？」

「フィリピンにいるお母さん、手術するの。病院でお金いるの」

彼女はいくら給料を貰っているのか、佐々木に聞かないといけないと思った。元ヤクザだから、かなりピンハネしてるだろう。

「君は、お給料はいくら貰ってるの？」

「私たち、みんな十万円。その中から七万円仕送りしてるの」

それではシルビアの手元には三万円しか残らない。それならば三十万円は大金だ。

「わかった、おじさんが出してあげるよ。ただし、貸してあげる。いつか返せるようになったら返してね」

「ありがとうございます。助かります。……あのう、私の体で払ってもいい？」

「おじさんはそういうつもりで言ったんじゃないよ」

「いいの。鈴木さんならいつでも抱かれていいよ。私、鈴木さんのこと大好きだから。自分から抱かれたいの」

彼女から抱かれたいとの申し出に俺は困った。店でも胸にもふれたことはないのだ。しかし、彼女の必死の申し出に応じることにし、ホテルに連れていった。

部屋に入ると彼女はすぐに全裸になった。フィリピンと日本のハーフだが、素晴らしい肉体だ。俺好みの体をしている。胸は若さでピンと張りきっていて、初々しい乳首、茂みは若草のよう、そして脚がスラッと長い。

俺も服を脱いで全裸になる。肉棒はすでに硬く太くなっていた。まず抱き合ってキスをすると、いい香りがした。俺が舌を入れると、恥ずかしそうに舌にふれた。可愛い。

「私、初めてなの……」

「えっ、そうなのか」

嬉しくなった。彼女は俺のなすがままになっているが、緊張しているのか体は硬い。俺が優しくベッドに寝かせると、恥ずかしそうに茂みに手を置いて隠した。

「本当にいいんだね？　俺は君が欲しくなった」

彼女がこっくりと頷くと同時に、乳首に吸いつく。片手でもう一方の乳首をつまむ。「あーっ」と声が出て乳首が硬くなった。俺は少しずつ乳房を揉んでいく。彼女は目をつぶってこらえているが、「あっ、あっ」と声が出る。肉棒はさらに硬く太くなり、彼女の中に入りたがっている。しかし、まだ入れない。

彼女の脇腹から舌をはわせ、茂みに舌が下りていく。若草はまだ子供のように細く柔らかい。舌をそっと花びらにつけると、「あっ、あっ」とまた声をもらした。かまわず舌を花びらの中に進入させる。溢れてきた花蜜が舌にからみ、シーツをも濡らす。目を閉じたままの彼女の息遣いが荒くなる。

「はっ、はっ、はあっ……」

舌の動きを速くすると、彼女はたまりかねたように言った。

「早く入れて……！　優しく入れて……」

俺の肉棒が突入する。温かい感触が俺に届く。

「あーっ……！」

ピストンを開始すると、花蜜がさらに溢れてきた。俺は出そうになるのを必死でこらえながらピストンを続ける。俺の肉棒を彼女の花びらの奥が両側から締めつける。「ウッ……」と思わず我慢の限界で発射した。

恍惚の表情を浮かべているシルビアを、続いて四つん這いにして、バックから攻め立てる。パンパンパンパンと音が響く。腰を動かし、シルビアは「あーっ!」と声をあげる。突入するピストンを激しく続かせながら、彼女の乳房をわしづかみする。彼女の乳首は大きく硬く成長している。尻のつぼみを指で刺激すると、「あっ、あっ、あっ」と声が出た。俺はこらえきれず発射した。今度は彼女も達したようだった。

「すごい気持ちよかった。でも、恥ずかしい……」

シルビアはそう呟いた。

二人でシャワールームへ行き、俺は彼女の全身を洗ってやった。可愛い。すべてが可愛い。彼女も俺の全身を洗ってくれた。肉棒を洗うのは抵抗があったのか、少し手が止まったが、俺が彼女の手に手を添えると泡をつけて洗ってくれた。それでまた肉棒が硬く太くなってしまい、そのまま彼女を抱きよせて再びセックスが始まった。花びらに肉棒が突入し、浴槽に移り、湯の中で二人同時に頂点に達した。

そのあとは店に同伴出勤だ。店での彼女は、俺に普段どおりの接客をし、同僚やオーナーにバレないようにうまくやっていた。

その翌日、俺は彼女の母親の病院に三十万円を送金してやった。彼女は大喜びで俺に抱きつき、キスをしてくれた。

その後、何度か彼女を抱き、そのあとは決まって同伴出勤をした。やがて彼女は大人の女に成長し、俺と出会ってから一年ほど経った頃、フィリピンに帰国した。俺は三十万円を返せとは言わなかった。彼女の肉体で、それ以上の返済を受けたと思うからだ。フィリピンで立派に成長してほしい。またいつか会える日を待っていよう。

後日、オーナーの佐々木にシルビアとのことを話すと、「だんな、いい娘だったでしょう？うらやましいですよ」と言われた。確かに、シルビアとめぐみは甲乙つけがたい。中東などには一夫多妻の国があるらしいが、日本も一夫多妻であれば、俺は二人を妻にしたかった。月・火・水はめぐみで、木・金・土をシルビアと楽しみたいと本気で思ったのだった。

めぐみとシルビア

鳥取から東京に戻り、三年が経った。俺は主夫として家事をやりながら小説を書いていた。はっきり言うとヒモ生活だ。小説はなかなか出版まで行かない。公募に送っても、いつも一次審査で落ちていた。

めぐみは商社を辞め、銀座のクラブのナンバーツーまで昇りつめている。収入も月三百万円は稼いでいる。俺は主夫を三年やっているので、炊事、洗濯、掃除は当たり前で、特に料理が好きで、料理本を買ってきては研究し、めぐみに食べさせている。好評も不評もあるが、その都度ノートに記入して改善している。最近は「おいしい」が多い。

彼女が疲れている時は全身マッサージをしてあげる。もちろん彼女は全裸だ。彼女がその気になればセックスに移行し、スヤスヤ寝息をたてれば、そのまま寝かせてあげるのだ。

銀行員時代に俺の秘書をしていた頃のめぐみと、今のめぐみはずいぶん変わった。性格は変わらないが、女の艶というか、成熟度が大きく増した。セックスでも積極性が増しているし、水商売なので客と寝ることもあるのかと、少し心配になってきた。彼女を信用しているが、売上を上げるために男と寝ることがあるのか、直接めぐみに聞けず、不安がつのる。いや、めぐみがそんなことをするはずない、と俺は自分に言い聞かせていた。

そんな時、あのパブのオーナーの佐々木から電話が入った。

「だんな、今日そちらに伺ってもいいですか？」

「えっ、いいけど、何？」

「だんなにお詫びがしたいんで」

「何、お詫びって？　シルビアのこと？」

「いや、違います。……これから伺ってお話ししますよ」

「わかった」

一時間後、佐々木がマンションに来た。そして、リビングに入る手前の廊下でいきなり土下座した。

「なんだよ、どうした？」

「だんなが鳥取から帰ってきて、うちのパブに来てくれたあの時に謝らなければと思っていましたが、できませんでした……」

「だから、何を謝るんだよ。それを言わなきゃわからないだろ？」

「申し訳ありません。……あっしは、めぐみさんとセックスしました」

「……おい、嘘だろ？　本当にめぐみとしたのか⁉」

怒りが込み上げてきた。

「はい、申し訳ありません……。だんな、あっしをぶん殴ってください。半殺しにしてください！」

急にそんなことを聞かされ、俺は立ちつくした。

「だんなの気が済むまで、何発でもやってください。お願いします！」

佐々木が土下座を解いて立ち上がったので、俺はその顔を思いっきり平手打ちした。手が痺れた。

「なんで……、なんで俺のめぐみに手を出したんだ！」

怒りがまた込み上げる。

「だんなが失踪して、めぐみさんは精神的に落ち込んで、実は自殺未遂をしました。俺はだんなに恩義があるんで、毎日病院に励ましに行きやした。あっしのバカ話をして元気づけてるうちに、めぐみさんは明るくなっていきました。そのうち、あっしの店も手伝ってくれるようになって、スケベ親父の客にも冗談が言えるくらいになって……。ついに体の関係を持ってしまいました。それも一度だけじゃないです。週一回くらい、めぐみさんを元気づけるために体の関係を……」

佐々木の話を聞いているうち怒りは頂点に達した。

「おい、お前めぐみと何回もやったのか？　ふざけるな！　気が済むまで殴れと言ったな。殴らせろ！　今度は拳骨で殴らせろっ！」

「はい、気が済むまで殴ってください！」

俺は全身の力を拳に込めて佐々木をぶん殴った。奴は二メートルくらい後方にある玄関までふっ飛んだ。

「……もういい。これで終わりだ」

「だんな、すみません。もっと殴ってください！」

唇から血を滲ませながら、佐々木が近づいてくる。

「もういい。気は済んだ。もう許す」

俺は佐々木の肩を叩き、リビングのソファに座るように促した。

——そうか、こいつがめぐみの体を成熟させたのか……。めぐみが艶っぽく色気が増したのは、こいつのせいだったのか。

俺は心の中でそう呟いた。

佐々木はソファには座らず、手の甲で唇の血をぬぐうと、また土下座して頭を床にこすりつけている。

「もう許す。帰ってくれ。めぐみがもし俺にお前とのことを話しても許す。めぐみを問いただしたりは絶対にしない。もう忘れる。もうわかったから、帰ってくれ。お願いだから、消えてくれ！」

「申し訳ありませんでした……」

佐々木はそう言い残して帰っていった。

俺はソファにどっと座り込み、目をつぶった。何も考えたくなかった。めぐみはきっと客とは体の関係はないのだろう。佐々木と何回かやっただけなのだ。涙が出てきた。だが、俺がめぐみを一人にしたのが原因だ、失跡したのが原因だ。

――俺のせいだ！

俺は自分を責めた。涙が止まらなかった。

その日、深夜にめぐみが店から帰ってきた。

「ただいまー。あー、疲れたー」

「おかえり。何か食べる？」

「いらない。お風呂一緒に入りたい」

「わかった、そうしよう」

一緒に風呂に入ったが、思わずめぐみの裸身をじっと見てしまう。

「何？　なんで見てるの？　恥ずかしいよ」

「いや、美しいな、色っぽいなと思って……」

「やだ。いつも見てるじゃない」

めぐみは普段と同じように明るくそう言って、スポンジに泡を立てて体を洗い始めた。俺がそのスポンジを取り、めぐみを洗ってやると、めぐみも俺を洗ってくれて、そのあとは一緒に湯船につかった。もうあのことは忘れようと思った。

明日もめぐみは出勤だ。いつも玄関でハグをしてキスで送り出し、帰ってきた時もハグとキスが習慣になっている。


数日後、また佐々木から電話が入った。

「だんな、先日はすみませんでした。……ところで、前にうちにいたシルビアから、だんなの携帯の番号が知りたいと連絡が入ったんですが、教えてやってもかまいませんか？」

「ああ、シルビアか。そういえば携帯を替えたんだった。教えていいよ」

「わかりました。たぶんすぐに連絡があると思いますんで」

「そうか、楽しみにしてるよ」

電話を切って十分ほどすると、シルビアから電話が入った。

「もしもし」

「はーい、シルビアよ。鈴木さん元気？」

「ああ、元気だよ」

「私、フィリピンに帰って、お母さんと二人住まい。パパは離婚したの」

「そうか」

「で、今度マニラに来られない？　会いたいから」

「うーん、めぐみに聞かないとな」

「めぐみ？　奥さん？」

「まあ、そんなところ」

「私が知ってる人？」

「いや、会ってないと思う」

「まあいいや、奥様には別の用事って言って、ぜひ来てちょうだい。会いたいから」

「俺だって君に会いたいよ。できれば行きたいね」

「来れるようなら、この番号に電話してね。待ってるから」

電話は切れた。どうしよう？　俺もシルビアに会いたい。めぐみに何と言おうか。

翌日、俺はめぐみに、「昔とてもお世話になった人がフィリピンで入院していて危ないので、一目会っておきたい」と嘘をついた。するとめぐみは、「そう、それならぜひ行ってらっしゃい」と送り出してくれたのだった。

罪悪感はあったが、俺はシルビアに連絡し、マニラに向かった。彼女が国に帰ってから一年ほどが経っている。成長したかな？　そんなことを考えながら飛行機に乗っていた。

マニラ空港に着くと、到着ロビーに出てきた俺をシルビアが見つけ、駆け寄って抱きつくとキスをしてきた。

「待ってたわ！　鈴木さん、やっぱり来てくれた！」

一年前よりもずっと大人になって色っぽくなっていた。彼女は、今は日本人観光客向けのショークラブでホステスをしているという。

彼女の車で自宅に行くと、日本人の母親、サチエが迎えてくれた。

「入院中は、あなたのお金で私の命が助かりました。鈴木さんは命の恩人です」

サチエはそう言って、俺に抱きついて感謝した。

「鈴木さん、ずっとここにいて」

シルビアが言う。サチエも「そうよ。ずっとここに住んでほしいわ」と俺を大歓迎してくれている。

その日は彼女たちの家に泊まることにした。三人で夕食を食べ、「私はどの部屋に寝ればいいですか？」とサチエに聞くと、「シルビアの部屋で一緒に休んでください」と言われ、俺はちょっと驚いた。

「えっ、物置部屋でもいいですよ」

「いいえ、シルビアが鈴木さんと一緒に寝たいって言うから、そうしました」

シルビアを見るとウインクしている。母親公認でシルビアのベッドで一緒に寝ることになっていた。

俺はルンルンした表情のシルビアに手を引かれ二階に行った。彼女の部屋だ。シャワー室もあり、セミダブルのベッドにピンクのシーツが敷いてある。

「一緒にシャワー浴びよう」とシルビア。返事する間もなく、彼女は服を脱ぎだした。俺は唖然としていたが、シャワー室から「鈴木さん、早く入ってきて」と彼女が呼ぶので、服を脱ぎシャワー室に入った。

中では彼女が、大人になった全身を「見て！」とでも言うように、こちら向きに立っていた。美しい……！　成熟した裸体が光り輝いている。思わず肉棒が反応して硬直した。

「あら鈴木さん、大きくなっちゃった。私、洗ってあげるね」

シルビアがそれに泡をつけ、優しく洗いだしたので、よけいに大きくなってしまった。初めて彼女を女にした日には、こんなに大人になった彼女にまた会えるとは思ってもみなかった。

俺も彼女の乳房に泡をたくさんつけて洗ってやる。乳首が大きく硬くなる。乳房をゆっくり揉むと、「あっ……」と小さく声を出した。手を下におろして若草をかきわけ、花びらを触る。

「うーん……」

指を入れた。「あーっ、そこ、気持ちいい……!」とあえぐ。彼女の肉棒をつかむ指が速くなり、俺は発射してしまった。

シャワーで流し、お互いをタオルで拭き合って、そのままベッドに倒れ込んだ。階下では母親が寝ているのだが、シルビアは気にする様子もなく、俺の愛撫を受け入れる。二人は昔を思い出しながら、お互いの性感帯を攻め続け、同時に頂点に達した。シルビアは口を押さえて絶頂の声を出した。二人はそのままの姿で朝まで眠ったのだった。

翌朝、一階にシルビアと下りていくと、サチエが朝食をテーブルに並べていた。

「鈴木さん、おはようございます」

「あっ、おはようございます」

挨拶されて、何か気恥ずかしい気持ちで母親の顔をまともに見られなかった。シルビアは何事もなかったかのように、普通に「おはよう」と言っていた。シルビアは母親に俺のことをどう話しているのか、聞きたかった。

朝食を食べ終え、今日はシルビアと二人で、彼女が働いている日本人観光客向けのショークラブを見に行くことにした。

ショークラブのマスターに会うと、日本人向けの店だけに彼は日本語がペラペラで、「日本でシルビアがお世話になったそうですね。ありがとうございました」と丁寧に挨拶された。

「シルビアはうちの看板娘で、人気ナンバーワンです」

「そうですか、そんなに人気があるんですか。私も嬉しいです」

「もしもあなたがフィリピンでお仕事を探す時は、私に言ってください。いつでも探してあげます」

俺はフィリピンで働くことはないと思ったが、「ありがとうございます。その時はお願いします」と礼を言った。彼に挨拶をして、シルビアと外に出た。

「いい人だったね」

「ええ、とってもいい人」

そんなことを話しながらシルビアの運転で車を走らせていると、彼女は自宅とは別方向にハンドルを切った。着いたのは海の見えるモーテルだった。

「もう我慢できないの。抱いてほしい」

シャワーを浴びてベッドで抱き合うと、シルビアが俺にこんなことを聞いてきた。

「めぐみは、奥さん?」

「いや、まだ結婚はしてないよ」

「じゃあ、私も鈴木さんの奥さんになれる可能性あるよね。私、あなた以外にダンナさん考えられないよ。初めて私を女にしてくれた人だもん」

そう言われると責任を感じる。確かに彼女の処女を奪ったのは、この俺だ。母親の態度も、俺とシルビアが結婚するものと思っているからなのかも知れない。

「私、鈴木さんの奥さんになるよって、母さんに言ったわ」

「それはちょっとまだ先のこと、何が起きるかは神様にしかわからないんだ。結婚はしたいが、もう少し待ってくれ」

「いいよ、私いつまでも待てるよ」

シルビアはそう言って俺の肉棒を強く握った。

「イテッ! わかってるよ」

とりあえずそう言うしかなかった。そして彼女を愛撫して、二人は同時に頂点に達した。

正直、日本も一夫多妻制になるといいのに、と思っていた。めぐみとシルビアも、どっちも美女で可愛いのだ。めぐみの処女も俺が奪ったし。どちらかが正妻で、どちらかが愛人、それでもいい。同時に二人の女を満足させる自信はある。

結局、三日間彼女の家に泊まって肉体の交わりを持った。充実した三日間だった。

帰宅すると、店に出ている時間のはずが、めぐみがいた。

「あれっ？　ただいま」

「おかえりなさい。今日はお店にお休みを取ったの。だってあなたが帰ってくる日だもの」

抱きついてキスをしてきた。

「あっ、女の香り……。フィリピンでシルビアと会ってきたの？」

「いや、先輩のお見舞いに行ってきたんだよ」

「嘘。シルビアを抱いてきたでしょ？」

「それはないよ」

「女の勘はすごいのよ。嘘つかないで、正直に言って」

「……ごめん、一回だけ会った」

「やっぱりね。彼女、私より若くて可愛いもんね。こんなオバサンより好きなんでしょ？」

めぐみが涙を溜めながらつめ寄る。

「俺は君のほうがずっと好きだよ」

「本当？　信じていいのね。私のほうが、本当に大好き？」

「そうだよ、本気でそう思ってるよ。許してくれ」

「わかった、許す。じゃあ、今夜は私の体をメチャクチャにして。失神させて」

「ああ、メチャクチャ愛してあげるよ」

「嬉しい……」

二人で寝室に行き、俺はめぐみの体と心を、時に荒々しく、時に優しく愛撫して、めぐみは本当に失神した。こんなに激しいセックスは初めてだった。

新宗教の教祖

それから一ヶ月ほどは何事も起きなかったが、ある日、佐々木からまた電話が来た。

「だんな、新しい商売を考えてましてね。だんなとタッグが組めたら鬼に金棒です。だんなに〝新宗教〟の教祖をやってもらいたいんですわ」

「宗教？　俺が教祖？　何がなんだかわからんよ」

「新宗教は、新興宗教じゃないんです。あくまで新宗教ですぜ！」

「余計わからんよ」

「まあ、会ってじっくり説明しますよ」

うちにやってきた佐々木に、俺はまず問いかけた。今日はめぐみも休みなので、一緒に話を聞いている。

「佐々木オーナーは店を三店も持っていて、商売は結構順調だろう？　今さら新商売なんてしなくていいんじゃないのか？」

「金額の桁が違う利益が出るんです。やるべきですよ。だんなは、これまでの流転の人生について真実を話してくれるだけでいいんです。それを本職のプロデューサーが構成して、映画化して、会員に観せて、感動した会員が三人の友人を連れてくる。その三人がそれぞれまた新たな友人三人を勧誘する。ネズミ算式に会員信者が増えていくんです」

「それって、ネズミ講とかマルチ商法じゃないの?」

「だんな、我々は物品を売りません。この感動の生涯の共感者をたくさん作り、生きるという強い意志と、七転び八起きで最終的に幸福を獲得するという、現代の生き方のバイブルを教えてあげる崇高な教団なんですよ」

そう言われると、なんだか素晴らしいことのように思えてきた。

「あっしの店の常連客に映画のプロデューサーがいるんで、手始めに、だんなの人生の再現映画を作ってもらいます。絶対にヒットしますよ。劇団の関係者やモデル事務所の経営者もうちのお客さんですわ。だからスタッフはすぐに集まります。タレントを使って再現映画を早速、撮りましょうよ」

話を聞いていためぐみも、「面白いかも、やってみましょうよ」と興味アリアリだ。

「そうだなあ。でも、映画一本、いくらぐらいでできるんだろう?」

「役者は常連さんの劇団の役者を使えば、総額一億でできると思いますわ。だんなが五千万、あっしが五千万でどうでしょう?」

俺とめぐみの貯金は一億円くらいはある。めぐみを見るとOKサインを指で作ったので、

「よし、やってみよう」と俺は答えた。

「じゃあ、常連さんのプロデューサーや劇団主宰者に話してみますわ」

そして数日後、佐々木から連絡が入った。

「スタッフ、揃いましたわ。だんなの回顧録、急いで書いてください」

そう言われ、俺は子供の頃から今までの体験エピソードを思い出しながら原稿を書き始めたが、自分で書きながら、ずいぶんと波乱の人生を送ってきたことを改めて痛感した。普通の人があまり経験しないことを、俺はしてきた。エリートからホームレスになることはあるかも知れないが、護送中に逃亡したり、ヤクザの幹部になったり、抹殺されそうになったりというのは、なかなか経験できるものではないだろう。佐々木が、「映画にしたらヒットする」と言っていたのもわかる気がした。

佐々木はプロデューサーと一緒に、シナリオ作りと役者の選定を始めていた。劇団主宰者は自分の仲間にも声をかけ、役者を探してくれているという。

そして約一ヶ月後、佐々木とプロデューサー、劇団主宰者、そして俺とめぐみは、佐々木の店で制作会議を開いた。メインの役となる俺、めぐみ、元ヤクザ佐々木、そしてシルビア役は

厳選して決定した。特にめぐみ役の女優はよく似ているし、シルビア役の娘はフィリピーナで佐々木の店の今のナンバーワンだ。俺の役は子供時代からなので子供、青年、中年の三人の役者を選んだ。俺よりイケメンだが、メイクでけっこう似ている。

映画の試作品を作り始めてから約一ヶ月後、佐々木の店で試写会がおこなわれた。参加者は制作会議のメンバープラス、佐々木の店の常連客が十四名、合計十九名だ。約二時間の映画で、俺の生い立ちからスタートし、就職から転落、再起、転落してまた復活という人生がリアルに描かれていた。めぐみとのセックスシーンも再現されていて、女優と男優の汗まみれの演技に皆、興奮した。

シルビアとの愛欲シーンもリアルで、シルビアと俺の関係をあまり知らなかっためぐみの顔を試写中にそっと見ると、完全に怒っている表情をしていた。しかし映画そのものは俺の人生に忠実に再現されており、満足な出来ばえだった。

観客として来ていた常連客たちも、「これはすごい」「見ごたえがあったね」「これは金が取れる作品だよ」と言ってくれて評判はよかった。「性表現がちょっとリアルすぎるから、R15かR18指定だね」とか、「復活した時の表現をもう少し大げさにしたほうがいいんじゃないかな」などといった意見も出て、修正について協議した。

そして、最終的な修正を一週間で終えて映画は完成した。制作費は、佐々木の顔のおかげで予想外に安くあがり、二千万円だった。

佐々木はこう言った。

「うちの三店の常連客さんたちに、まず映画を観てもらいます。三店で百五十人くらいいるんで、そのうち半分が賛同してくれたら、約八十人が会員になる。年会費を一人十万円としたら、八百万円だ。その会員一人が三人にこの映画を勧めて会員になれば、二百四十人で二千四百万円。それで映画制作費が回収できますよ。映画が話題になれば、五千人、一万人もすぐに可能ですぜ」

皮算用すぎるんじゃないかと思ったが、その可能性はあるとも思えた。五千人規模になれば、ある程度大きな施設で映画観賞会をやって会員募集をすれば、大きな成果になるとも佐々木は言う。スタッフも同意見が多かった。

佐々木の言ったとおり、まず三店舗で映画を上映した。俺たちスタッフも参加した。常連さんたちは三店で二百人以上集まって映画を観てくれた。しかも上映後、会員を募集をすると、その場でほぼ全員が会員になってくれたのだ。二百人×十万円で二千万円が一瞬で集まってしまった。予想以上の成果に、発案者の佐々木は満面の笑顔を浮かべ、「だんな、やっぱり当ったよ！　俺、商才あるんだなあ」と鼻の穴をふくらませた。

会員たちの反応は、「これは素晴らしい実話映画だ」とか、「生きる意義を考えさせられた」

など、とにかく好評だった。「どんな苦境に立っても必ず復活できる。これは社会に広めるべき」と皆が口々に言うぐらい絶賛された。会員になってくれた人たちには、最低三人にこの映画を宣伝するようお願いした。

お客が帰ったあとでスタッフで会議を行い、会の名称と運営体制を決めた。会の名は「蘇生の会」とし、俺が教祖で、めぐみが副教祖、佐々木が事務局長、劇団主宰者が広報部長、プロデューサーが事務局長代理となった。

十日後には会員が千人に達し、一億円の会費収入の見込みができた。そして実際に、会費の合計一億円が会の口座に入金された。

次の展開として、千人以上収容できる会場を探した。佐々木事務局長の地元、埼玉で会場を探すと、県立体育館が浮上した。会員の中に県会議員が三名いて、県に映画の上映をプッシュしてOKが出たのだ。

県立体育館を使用料百万円で借りることができた。収容可能人数は三千人だ。上映日までのあと半月の間に、会員と観客を合計三千人にまで増やそうと、会員一丸となって頑張った結果、当日の観客は二千八百人に達した。うち会員が千五百人で一般客が千三百人。この千三百人に、上映後会員への勧誘をする。会員たちは胸にバッジをつけているのですぐにわかる。バッジのない人を勧誘するのだ。

上映会がスタートし、俺は舞台袖で反応を見ていた。一般客の席は前のほうに指定したので舞台袖から見やすい。感動して涙する人、無表情の人、いろいろいた。

映画が終了し、佐々木事務局長の挨拶、そして佐々木の店のフィリピーナ三十人によるチアダンス、さらにプロの歌手によるＺＡＲＤの「負けないで」の歌唱で盛り上がった。そのあとは司会者から俺の紹介があり、俺は白の紋付袴姿で舞台に登場した。盛大な拍手が起きた。

「私が映画で紹介された本人です。皆様、どんな困難にあっても、決して諦めはダメです。〝人生七転び八起き〟を私は実践しました。殺されかかったのも事実です。でも、私はこうして生きています。どんなに苦しくても、春は必ず来るのです。自分で自分の命を短くすることは、これからやってくる春を拒否することです。必ず花開くことを信じて、強く、たくましく生きましょう」

そう訴えると、大きな拍手が返ってきた。

この上映会のあとは新たに八百人が入会し、その会員が会員を呼び、やがて三千六百人になった。佐々木事務局長はこの成功に気をよくし、「次は五千人目指して、もっと大きな会場を考えましょうや！」と積極的だった。

会員の中には三人の県議と十八人の市議、またマスコミ関係者も二十人はいた。

「だんな、いや、もう〝先生〟と呼びます。先生、マスコミにも取り上げてもらってＰＲしましょうや。千葉、神奈川、そして東京で公演をやって、いずれ全国展開も夢じゃないですぜ！」

佐々木事務局長はそんなことを言いだした。俺は「あんまり手を広げず、着実にコツコツやったほうがいいんじゃないか？」と言ったが、展開は加速していってしまった。佐々木の頭には金儲けしかなかったのだ。

約半年で千葉、神奈川で成功し、来月は東京で公演をやろうということになった。会員はすでに一万三千人に達していて、会の収入は十三億円になった。顧問税理士も雇い、公明正大に経理処理もしていた。

しかし、事件は起きた。

有名週刊誌に、俺の過去の暴露記事がスクープされたのだ。

『教祖の実態を暴く！　事務局長は元ヤクザ幹部、元犯罪者。教祖は前科者！』

もちろんそれは映画で紹介もしている事実だが、それだけでなく、殺人犯だとか強姦魔だとか、事実無根のバッシング記事が大々的に出た。すると退会の申し出が大量に出始め、約一ヶ月で会員はスタッフだけになってしまった。

テレビのワイドショーでも連日、インチキ集団、ニセ教祖と流され、教団は崩壊した。どうも裏で政治家や公安が動いたらしいとの情報があった。

結局、約一年間の活動で、この計画は借金六億円だけが残ったのだった。

俺とめぐみの貯金をすべて出し、佐々木の店を一店だけ残して処分しても、約三億円が俺の債務として残った。もう返済能力がない。マンションも手離して、めぐみと二人で安アパートに引越した。

「だんな、申し訳ありませんでした！　すべてあっしの責任です。どうされてもいいです。あっしを殺してください！」

佐々木は俺たちを訪ねてきてそう言った。

「何言ってるんだ。俺もめぐみも賛成してやったことだ。あんた一人の責任じゃないよ。残った一店でまた頑張って成功しなくちゃ」

「でもだんな、三億の借金、どうやって返してくんですか？」

「俺にも返す目途は、今はないよ。税金については交渉するつもりだが」

心の中には〝自己破産〟の四文字が大きく浮かんでいた。

週刊誌の取材はその後もしつこく来て、「あの教祖は今」と報じられもしたが、三ヶ月も過ぎれば、日本人の美徳である〝忘れてしまう症候群〟で記事にもならなくなった。

そして、めぐみと「田舎に移住しようか」と相談しだした頃、フィリピンのシルビアから電話があった。

「佐々木オーナーから聞きました。大変だったね。もしよければ、フィリピンに引越してきたらどうかと思って」

「えっ、フィリピンか……。そうできたらいいな」

その時はまだ本気で考えてはおらず、めぐみと自己破産について真剣に話し合った。力仕事でもいいと思って職安に行って面接も受けたが、あの事件の代償は大きく、俺を採用してくれるところはなかった。しかし、めぐみはまた銀座のクラブに復帰することができた。

「私が頑張って働くから、あなたは焦らないで仕事を見つけてください」

そう言ってくれたが、めぐみは俺とつきあい始めてからずっと苦労の連続だ。

「本当に申し訳ない……」と俺は頭を下げた。

「ううん。私、あなたと一緒ならどんな苦労も引き受けられるから」

彼女の言葉に涙が出る。めぐみを絶対に幸せにするため、俺はもう一度やり直すと心に誓った。

翌日、地方裁判所に行って自己破産についての手続きを調べた。申請書類を貰って、書き方のレクチャーを受けた。司法書士や弁護士に頼むこともできるが、費用は二十万から五十万円かかるそうだ。今は少しでも節約することが必要なので、俺は申請書類をアパートに持ち帰り、書店で買った自己破産についての本を見ながら自分で作成した。

裁判所の事務官のチェックを受け、追加や削除をし、三度目の申請でようやく受理してもらえた。免責確定までは約六ヶ月かかるとのことで、それまでは現住居から転居は不可と言われた。また、これから書面で裁判所からの通知が頻繁に来るし、出頭する必要がある場合もあるらしい。めぐみが帰宅してから、二人で話し合った。

「六ヶ月間は、ここから移動できない。それに、俺はもう国内では就職はできないだろう。だからフィリピンで働こうと思う」

「フィリピン？　シルビアのところに行くの？　私を捨てて行ってしまうの⁉」

めぐみは涙声で怒った。

「そうじゃない。君も一緒だよ」

「どういうこと？」

「免責確定までの半年間、俺はフィリピンで仕事について収入を安定させる。そうして免責確定してから君が来る。どうだろうか？」

「半年も私一人なの？」

「いや、とりあえず一週間、俺、フィリピンに行ってくるよ。そこで就職先を探して、採用してもらう。そうしたら一旦帰ってくる。準備してからまたフィリピンに行く。そして一ヶ月間、働いてみる。大丈夫だったら、そこに決める。それからは君が週末、俺のところに来て過ごす。どうだろう？」

「それなら寂しくないからいいね。それでいいわ」

急いでシルビアに連絡し、その三日後、俺はフィリピンへ着いた。空港ではシルビアが待っていた。「鈴木さん、待ってたよ！」と抱きつきキスをしてきた。彼女の香りが嬉しかった。

彼女の家に行き、母親のサチエとも抱き合って頬にキスをした。

「鈴木さん、また来てくれたのね。ありがとう」

「今回は、家と仕事を探しに来ました」

翌日、シルビアと一緒に彼女の働いているショークラブに行き、マスターに会った。シルビアがマスターに前もって俺のことを説明してくれてあったので、話はスムーズだった。

「鈴木さん、本気でうちの店で働く気になったようですね」

「はい。ウェイターでもクロークでも、何でも働きます」

「鈴木さん、マジックとか歌とかダンスとか、できますか？」

「歌なら、少しできます」

「そうですか。試してみますか？」

「はい、カラオケは日本でもよく行ってました」

「では、お得意の歌を入れてください」

俺は吉幾三の「雪国」を入れた。イントロが流れ、歌い出す。真剣に歌った。

「いいですね。では、これはどうですか?」

とマスターが入れたのは、フランク永井の「君恋し」だった。俺はやはり真剣に歌った。

「いいですね。あなた採用します。シンガーです」

「シンガー? 歌手ですか?」

「そうです。あなた、立派なシンガーです」

「それなら、シルビアとデュエットもしたいな」

と、俺は「別れても好きな人」を入れ、シルビアと歌った。

「最高です! これで行きましょう!」とのマスターの言葉で、俺の仕事が決定したのだった。

「ギャラは日本円で、一日三ステージで、日給一万円でいいですか?」

「はい、充分です。ありがとうございます」

雇用契約書にサインした。シルビアも俺と一緒に仕事ができることに大喜びだった。

「さあ、次は家を探さなくては」

二人で家探しが始まった。しかしフィリピンには不動産屋というものがほとんどなく、借家を探すのが大変なのだ。シルビアが友達に電話であちこち当たってくれた。するとそのうちの一人から、「近々引越すので、この家はどうか?」との話が来た。早速、行ってみることにする。

それはシルビアの家から車で三十分ほどのところにある、海の近くの丘の上の、白い壁の一軒家だった。友達の女性が言うには、まだ築十年くらいで新しいらしい。中を見せてもらった。

「うん、これで充分だ」

「家具や家電もそのまま付けます」と女性が言う。

「えっ、いいんですか？　助かります。それで、家を買うお金はないので、貸していただけると嬉しいのですが」

「もちろん。シルビアから借家って聞いてますから」

「一ヶ月のお家賃はどのくらいですか？」

「はい、一ヶ月五千円です。高いですか？」

「五千円？　本当ですか？」

「ええ。私はそれでいいです」

ありがたい。フィリピンの物価は、当時は日本の十分の一だったのだ。

「ぜひ貸してください！」

というわけで、こうして家も決まった。友達に感謝してシルビアの車に乗った。

「よかったね」

シルビアも喜んでくれた。

「君のおかげだよ。ありがとう!」

俺はシルビアにキスをした。

「お祝いに、あそこ行こ」

シルビアの〝あそこ〟とはモーテルだった。

二人で裸の男女のお遊びを二時間みっちりとやり、俺は久しぶりの彼女の肉体と愛を堪能した。


翌日、ショークラブで初めてステージに立った。キンキラのタキシード姿で、俺は立派なシンガーになった。お客は日本から観光で来た農協の団体さんで、一曲目「雪国」を歌うと大きな拍手が来た。一人で三曲歌い、シルビアとデュエットを三曲やった。どれも大拍手だった。そして一人でさらに四曲歌ってステージは終わり、幕が下りたが、「アンコール！アンコール！」の大合唱が始まったので、俺は再度ステージに立ち、「また逢う日まで」を歌って、ようやく初めてのステージが終わった。

「よかったよ！　大盛況だ。これからも頑張ってください」とマスターが褒めてくれた。

六日間、ステージを務め、帰国の日になった。その間シルビアと三回寝た。充実した一週間だった。シルビアと空港で抱き合ってキスをし、俺は日本に帰った。

「仕事も家も決まったよ」

帰宅してめぐみに報告し、抱き合う。

免責の方は、郵送で債権放棄の書類が届き始めた。早く自由な身になれるのを、二人で心待ちにしていた。そんなある日、佐々木が訪ねてきた。

「だんな、その節はご迷惑をかけて、申し訳ありませんでした」

「もういいよ。でもお互い、もう変な企みをするのはやめような」

「もちろんです。もうコリゴリです」

「ああ、そうだ。俺、めぐみと二人でフィリピンに移住することにしたんだ」

「えっ、本当ですか？」

「ああ、仕事も家も決めてきたよ」

「そうですか。仕事は何を？」

「シルビアの働いてるショークラブで歌手をやるんだ」

「えっ、だんな、歌できるんすか？」

「馬鹿にすんなよ。プロ並みだよ」

「へえー、人は見かけによらないもんだ」

「まあ、そうだな」

二人で大笑いした。宗教団体の破綻後は、大笑いなんかしたことなかったな、と思った。

「だんな、それならうちのかあちゃんと娘に挨拶に行かせますよ。わからないことがあったら、いろいろ教えてもらえばいい」

「ありがとう。ぜひお願いするよ」

佐々木のせいで俺は人生を狂わされ、一時は恨みもしたが、今では親友以上の男だと思っている。ずっと親しくしていけるようにと願った。


それから一ヶ月が経ち、順調に免責確定に向かって債権放棄が進んでいる中、俺はまたフィリピンに行った。シルビアの家に泊めてもらい、ショークラブでシンガーを一ヶ月やって三十万円稼いだ。もちろんシルビアの体も欲しかった。

めぐみは東京で、昼は商社、夜はクラブホステスとして月に百万円稼いでいる。貯金もあの事件でゼロになったが、八百万円まで回復していた。

やがて、免責確定の半年まであと二ヶ月というところまできた。免責確定したら俺たちはフィリピンで働き、フィリピンに住むのだ。

あと一ヶ月だ……。待ち続ける。そして、とうとう免責確定の通知が来た。これで晴れて

〝自己破産者〟となったのだ。

その翌日、俺とめぐみは婚姻届を出した。引越しのために荷物の整理もし始めた。向こうは家具・家電付きなので、大きなスーツケース二個で済んだ。

飛行機のチケットは購入済みだし、ビザも取得済みである。俺は自己破産者なので就労ビザは取れないが、観光ビザの延長を繰り返しながら働くつもりだ。もちろんそれは違法なのだが、背に腹はかえられない。

明日出発という日、日本の風景を頭に残しておくため、めぐみと新宿の街へ出た。今日はホテルに一泊し、翌日空港に直行するのだ。俺たちは十五年前に出会い、それから一年後、新宿の高層ビルのバーで、めぐみから「私の初めての男性になってほしい」と言われた。その思い出のバーから、新宿の街を展望する。めぐみは少し涙ぐみながら街の風景を見下ろしていた。

「どうした？　もうずっと帰ってこないわけじゃないから」

「ううん。今までいろいろあったことを思い出しちゃったの……」

「そうだな、俺は君の人生をメチャクチャにしちゃったな……」

「そうじゃないの。あなたに出会っておつきあいして……、でも私、これでよかったと思ってます。これからもよろしくお願いします」

「うん、必ず幸せにするよ」

そんな会話をした。

フィリピンでの暮らし

翌日、俺とめぐみは成田空港からフィリピンのマニラに向けて出発した。四時間半ほどのフライトだ。隣でめぐみは俺の肩にもたれかかって寝息を立てている。フィリピンでの生活は、どんなことが待ってるだろうか？　いい時も悪い時もめぐみを守ってやる。そんなことを考えながら、俺もいつの間にか眠ってしまったようだった。

マニラ空港に着くと、シルビアと母親のサチエが迎えに来てくれていた。シルビアは俺を見つけて駆け寄ると、抱きついてキスをした。隣でめぐみが俺を睨んでいる。

「ああ、めぐみ、この娘がシルビアだよ。めぐみとは初対面だったね」

「すごく可愛い人ね」とめぐみが言うと、シルビアは「めぐみさん？　きれいな人！　シルビアです、はじめまして」と明るく挨拶した。

「めぐみです。よろしくお願いします」

サチエもめぐみに挨拶をする。

「鈴木さんには大変お世話になりました。めぐみさん、よろしくお願いします」

早速、シルビアの運転で新しい家に向かった。海の近くの丘の上の、白い壁の家に着くと、めぐみは大喜びした。

「素敵！　ここ、いいわ。嬉しい！」

中はすべてリフォーム済みで家具・家電完備である。ベッドルームにはダブルベッドの新品を入れておいた。ここが二人の新居だ。マニラの街もすぐ下に見える。

とりあえず荷物を家に置いたあとは、近くのスーパーに食材を買いに出た。安い。日本の価格の五分の一くらいだ。めぐみはカゴいっぱいにつめ込んでいる。店員はカタコトだが日本語が話せて、意味はちゃんと伝わる。従業員に対しての日本語教育が行き届いているようだ。おかげで言葉の不安はふっ飛んだ。

翌日は、めぐみと一緒に俺の仕事場のショークラブにお客として行った。マスターが迎えてくれて、昼の部を二人で観た。シルビアが踊り娘を従えてステージで歌った。

「シルビアって歌がうまいのね。宝塚のスターみたい」

夜は俺がステージに立つ。それもめぐみに観てもらいたいので、一旦家に戻り、食事をしてシャワーを浴び、めぐみを連れて店に出勤した。

店内は日本人客でいっぱいだ。やがて俺の出番になり、キンキラのタキシードでステージに登場すると、バンドが「雪国」のイントロを演奏し始める。俺は歌い上げ、大拍手を受けた。途中にはシルビアとのデュエットコーナーもある。「別れても好きな人」から始まり、「居酒屋」「銀座の恋の物語」の三曲を、シルビアが俺の腕をとり、かなり密着して歌った。「めぐみ、怒ってるかな……」と思い、客席を見たが、客席は薄暗くてステージからはよく見えなかった。

予定の全十曲にアンコールを一曲やって、大歓声を浴びながらステージを下りると、俺はすぐに着換えてめぐみの隣の席に座った。

「どうだった?」

「あなたが歌うの初めて聴いたけど、歌、うまかったのね」

「初めて? そうだったっけ? でも、シルビアとデュエットは気分悪かったよね?」

「ううん、お仕事だもの。上手だったし、素敵だったわ」

「怒ってないの?」

「なんで? お仕事だもの、何も感じないわよ」

「俺の再現映画のベッドシーン、すごく怒ってたよ」

「あれはあれ、これはこれです」

「なるほど」

そんな会話をしていると、シルビアがやってきた。ケンカになるんじゃないかと心配したが、二人は笑いながら話している。女ってこういうものなのか、と妙な感心をした。

週一回の休みには、シルビアと母親のサチエが俺たちの家に来て、サチエによるフィリピン料理教室をやってくれた。めぐみは喜んで一緒に料理を作った。四人で食卓を囲み、シルビアとめぐみは本来ライバル同士なのだが、どんどん仲良しになっていった。

ある日、玄関のチャイムが鳴ったので出てみると、知らない女性と小学生くらいの女の子がいた。

「はじめまして。私は佐々木の妻のエリスです。この娘はサンディーです」

「ああ！　あの佐々木オーナーの奥さんと娘さんですか。オーナーからお話は聞いてます。よろしくお願いします。――おーい、めぐみ、来て。佐々木オーナーの奥さんと娘さんが来てくれたよ」

「はーい。――いらっしゃいませ。私、妻のめぐみです」

二人をリビングに招き入れる。

「私の主人が日本で鈴木さんにお世話になったことや、反対にご迷惑をおかけしてしまったこと、申し訳ありませんでした」

奥さんがしっかりとした日本語で謝ると、サンディーもペコリと頭を下げた。

「いえいえ、もう大丈夫です。こちらこそ、佐々木さんにはいろいろお世話になっています。今後ともよろしくお願いします」

俺とめぐみは頭を下げた。

「この近くに私のお友達がたくさんいます。明日、この子のお誕生日のパーティーを私の家でやります。ぜひいらしてください。私が車で迎えに来ます」

「ありがとうございます。ぜひ、おじゃまさせていただきます」

翌日、約束どおりエリスさんが車で迎えに来てくれた。十分ほどで佐々木一家の家に着く。中に入ると、友達夫婦らしい三組がすでに待っていた。子供はみんなで五人いる。部屋には色とりどりのモールが飾られていて、花束があちこちにあった。俺たちはサンディーへのプレゼントとして、折紙セットと、折紙で鶴と手まりを作って持ってきた。日本の絵本とケン玉も日本から持ってきていたので、それもプレゼントにすることにした。

皆、タガログ語で会話をしていて、何を言ってるかわからなかったが、佐々木の奥さんのエリスさんが通訳してくれた。

「めぐみさんのことを『きれいな奥様』って言ってるのよ」

「えっ、そんな……、嬉しい」

めぐみは頬を染めた。みんなフレンドリーで、俺たちにカタコトの日本語で、「オトモダチ、ナリマショウ」とか「ワタシ、ニホンニ、イッタコトアリマス」などと話しかけてくれた。

プレゼントをサンディーに渡す時、俺が昔よくやっていたケン玉の技を披露したら、みんなから拍手喝采だった。サンディーにやり方を教え、プレゼントした。折紙セットは、鶴と手まりの作り方をめぐみが子供たちと奥様方に手をとりながら教えた。

夫連中はゴルフやドライブについて話していた。中に一人、日本の大学に留学していた人がいて、通訳してくれたので助かった。

パーティー料理は、奥様方の作ったフィリピン料理と、めぐみが作っていった海苔巻きと稲荷寿司で、日本の味は大好評だった。楽しい時間だった。言葉は違っても楽しい気持ちには国境はないんだなと感じた。

俺は翌日の昼から夜十一時までショークラブの歌手として仕事があるので、みんなに「よかったら一度来てください」と宣伝しておいた。

週六日、一日三ステージを歌う。シルビアとも一緒に歌い踊る。仕事と趣味が合体した楽しいひと時だ。めぐみは専業主婦として、買い物や家事をしたり、サンディーの誕生日パーティーで知り合った奥様方を家に招いたり、逆に招かれたりして、タガログ語の勉強にも励んでいるらしい。彼女は銀行秘書時代から頭がよく、もの覚えも早かったから、タガログ語の上達も早いようだ。

そんなある日、俺の仕事が休みの日に、めぐみがこんなことを言った。

「ねえ、私、働こうと思ってるの」

「えっ、君が働かなくても、ここは物価が安いから、俺の給料だけで充分暮らせるよ」

「違うの。私ずーっと働いていたから、やっぱりお仕事やりたいの」

「うーん。でも、一体何をしたいの？」

「私、タガログ語がある程度できるようになったの。商社では英語で仕事してたし、もちろん日本語もできるから、三ヶ国語できるトライリンガルよ。だから観光ガイドをやりたいの」

「観光ガイドって、そんなのすぐにできるもんなのか？」

「実は昨日、面接に行って合格したのでーす！　だから、来週からお仕事始めまーす」

「えっ、もう決まってるのかよ。びっくりしたなあ」

「そういうことでーす」と、観光ガイド見習い美女が言う。彼女は自分が一度決めたことは絶対に変えない性格だ。それを知っているので、俺は反対できなかった。

まあ、彼女は何をやってもナンバーワンを目指す努力家だから成功すると思うが、日本人観光客のスケベ親父が、彼女の後ろを歩いて尻を触るなんてことがあったら困る。それを言ったら、「大丈夫。私一人じゃなくて、男性ガイドと一緒にやるのよ」と答えたので、それはそれで別の心配が増えた。

　こうして、俺はショークラブで歌手、めぐみは観光ガイドという共働きが始まった。それぞれ順調に仕事は成功した。貯金は物価の安さのおかげで、日本円にして一千万円に達した。

　そんな頃、仕事先のショークラブで、シルビアが俺に「お願いがある」と言ってきた。

「何？」

「今夜、私を抱いてほしいの」

「えっ、どうして？」

「私、新しい彼ができて、プロポーズされたの」

「そうか、それはおめでとう」

「うん、だからこれが最後で、鈴木さんに抱いてほしいの。私の心の中に残しておきたいの」

「そうか……、わかった」

　その夜、俺はシルビアを抱いた。彼女は涙を流しながら応じた。俺は複雑な思いで彼女の肉体を癒してやった。今までで最高のセックスだった。

　シルビアに腕枕をしてやりながら、彼女と初めて行ったホテルでの思い出にひたる。二十歳で処女をくれた。それから約四年経っている。すっかり大人の女になった。

　シルビアは納得した表情で、「ありがとうございました。私、彼のプロポーズを受けます。

結婚式、絶対に来てね」と言い残して帰っていった。

さすがに今夜のことはめぐみには言えない。だから、帰宅してから、「シルビアが近々結婚するよ」とだけ伝えた。

「そう、よかったわ」

ライバルがいなくなることを喜んだのだろうと思う。

そして三ヶ月後、シルビアの結婚式に招かれた。佐々木も日本から来て、夫婦で出席していた。

「久しぶりです、だんな。シルビアも結婚か、いい娘だったなあ」

「そうだよ。俺はこっちに来てから彼女と仕事もやってた。だから他人に思えないよ」

「そりゃあそうでしょ。他人以上だったじゃないっすか」

式は教会でおこなわれた。とってもきれいな花嫁姿のシルビアが、ウェディングロードを歩いてくる。俺が、持っていた花吹雪を思いっきり高く投げると、シルビアは俺にウインクして頭を下げた。

出直しの新商売

早いもので、フィリピンに来てからもう二年が過ぎようとしていた。俺とめぐみはそれぞれの仕事にプロになりかけている。そんな時、突然めぐみが言った。

「ねえ、そろそろ日本に帰りたくなってきたの」

俺は、フィリピンは環境がよく、物価も安くて住みやすいと思っている。

「どうして？」

「私、やっぱり日本がいいの」

「東京が恋しくなったのか？」

「うん。ね、帰ろう」

というわけで俺たちは日本に帰ることになったのだ。

フィリピンでお世話になった人たちにお礼を言い、成田行きの飛行機に乗る。すると飛行機の中でめぐみが、また突然にこんなことを言った。

「私、東京じゃなくて鳥取に行きたいの」

「えっ、どうして？」

「だって、あなたの第二の故郷でしょ？　私も鳥取を第二の故郷にしたいの」

「そうか……。そうだな、そうしよう」

俺の気持ちも固まった。

俺たちは成田から羽田空港まで電車で移動し、国内線で米子空港に着いた。

早速、米子駅前の居酒屋「ゆきこ」に二人で顔を出す。ママと常連さん二人が、変わらぬ様子で話していた。

「ただいま！」

俺が元気よく声をかけると、三人がこっちを見て口々に言う。

「鈴木ちゃん！」

「おお、よく来たな！」

「まあ鈴木ちゃん、めぐみさんも、本当に久しぶりねぇ。どうしたの？」

「帰ってきました」とめぐみ。

「おお、べっぴんさんも一緒か。久しぶりだなあ」

常連さんは喜んでくれた。

「さあさ、ここに座って」

「ママ、みんな、お久しぶりです」

「鈴木ちゃん、彼女と仲良くやってるかい？」

「もう結婚して妻になりました」と、めぐみが答えた。

「そうだったんかい。それはよかった。ママ、二人のお祝いだ。旨い酒出してくれ」

「アイヨ！」

ママが特上の酒の口を開けた。みんなのコップに注いで乾杯する。実に七年ぶりの米子だ。

「ママ、俺たち米子で再スタートするつもりで帰ってきたんだよ」

「えー、嬉しいね。ここに住んでくれるの？」

「はい、よろしくお願いします」と、めぐみが頭を下げる。

「二人の歓迎会をやるわよ。常連さんみんなに声をかけなきゃね」

「そうだそうだ、盛大にやろうや」

「ありがとうございます」と二人でもう一度頭を下げた。

それから二日後、店に常連さん十人が集まり、盛大に二人の歓迎会をやってもらった。俺たちがまだ住むところが決まっていないのを知ると、常連客の不動産屋さんが、「俺がいいとこ探してやるよ」と言ってくれた。

翌日、不動産屋さんから連絡が入り、二人で物件を見に行き、即契約した。駅近の古民家でリフォーム済み物件だ。めぐみが気に入り決定した。山陰は、東京や大阪の物価の半分ほどなので、月三万円で借りることができた。

次は仕事だ。もうサラリーマンでなく自営業をしようと二人で決めていた。ただ、何をするかは決まっていない。居酒屋「ゆきこ」のママに相談に行った。

「ママ、俺たち何か商売をしたいんだ。米子では何を売ったら当たるかな」

「そうねえ、この町は大阪出身の人が多いから、食べ物屋はお好み焼屋、タコ焼屋が多いわね。ラーメン屋も多いし、そば屋さんもあるしね。関西人があと好きなのって……、そうだ、ヤキソバ屋なんてどうかしら？　あまりこの辺ではないしね。意外と売れるかもよ」

「ヤキソバね。それ、いいかも知れないわ」

めぐみも乗り気になった。

「店を構えないで、車の移動販売であちこちで売ったらどうだろう？」

二人でアイデアを出し、考えた。米子はお祭りが多く、「米子がいな祭」や「鳥取しゃんしゃん祭」など、昔から催し物が好きな町という印象がある。そういう祭りの時に車で移動して販売すれば絶対に売れるだろう。祭りだけでなく、運動会や敬老会、子供会などもいいかも知れない。

早速二人で大阪、広島、岡山と、ヤキソバを食べ歩く旅に出て、その中でようやくベストな味を見つけた。味付けはお好みソース、具材はシンプルに豚バラとキャベツ、紅しょうが、青のりという普通のソースヤキソバだが、麺がこだわり中太のちぢれ麺だった。

早速、家で試作品を作り、ママに試食してもらい。五回目で「これは、おいしいわ！」と合格を貰った。

貯金から中古の軽トラックを買い、ガスコンロと鉄板、のれん、のぼり旗を用意し、米子市内の製麺所から中太ちぢれ麺を仕入れることが決まった。お好みソース、豚バラ肉、キャベツ、紅しょうが、青のりなどの食材は市場で仕入れ、割り箸と紙皿、それに折りたたみのテーブルと椅子四脚も購入し、準備はできた。

あと一週間すると「米子がいな祭」が三日間にわたって開催される。各地から人が出てくるので、その期間だけ米子は賑やかになる。俺とめぐみは一週間前から居酒屋「ゆきこ」の常連さんに試食してもらって感想を聞き、さらに改良して、とうとう一番の自信作ができた。お祭りの実行委員会にも出店の許可をとった。

当日の早朝、食材を細かく刻み、箸、皿、プラパック等を車に積み、小さな冷蔵庫には缶ビール百本も入れた。麺は五百玉を仕入れた。

めぐみと俺はおそろいの赤いエプロンと赤いキャップをつけ、いよいよお祭り会場に出発だ。

一皿三百円、缶ビール一本二百円で、完売すれば十七万円。そこから経費を引いて十六万円が目標だ。

駅から会場までの直線道路、約一キロの沿道では、金魚すくい、綿アメ、タコ焼、フランクフルト、射的屋、イカ焼などの各露店の陣取りがすでに進んでいて、俺たちは水風船の店の横に車をつけて、早速ヤキソバ作りを始めた。やがて、ソースの香ばしいにおいが道ゆく客たちの鼻をくすぐったのか、すぐに親子や兄ちゃん姉ちゃんたちが来てくれた。

最初に作ったのは十分ほどで売れてしまった。すぐに具材を投入するが、作っては売れ、売れては作ってを繰り返し、午前中だけでもう二百皿と缶ビール五十本が出てしまった。急いで製麺所に電話をし、麺を追加で百玉配達してもらった。

最初は俺が作り、めぐみが接客をしていたが、途中で交代して正味十時間。交代で急いでトイレに行くなどして、とにかく忙しかった。

ところが、あと一時間で祭りの初日が終わるという頃、突然、チンピラ風の男が俺たちの車を蹴とばして大声で叫んだ。

「オイ！　誰の許可受けて商売してんだよ、てめえ！　ショバ代出せよ、十万だ！」

チンピラの怒鳴り声に、客は皆、遠ざかった。

「やい、ここは俺らの組の縄張りだ！　ショバ代、ミカジメ払えや！」

しかし、俺はひるまず毅然と対応する。

「商売の邪魔をしないでください」

「なにぃ！　てめえ、殺されてえのかよ！」

するとチンピラの後ろから、兄貴格らしい男が出てきて言った。

「まあまあ、ここはおとなしく金、出しましょうや」

しかし俺の顔を見るなり、「……あっ、もしかして、鈴木先生ですか？」と驚いたように目を見開く。俺が「うん」と答えると、直立して頭を下げ、「申し訳ありませんでした。あっしです。先生のボディーガード若衆をやっていたオサムです」と言った。そしてチンピラの頭にパンチを入れて、「ばかやろう！　この方は、俺がいた組の大先生だ。お前も頭を下げろ！」と足を蹴り上げた。

「お久しぶりです。先生、どこでもご自由に商売なすってください。何かあったらあっしが解決しますんで、どうぞしっかり商売なさってください」

オサムはチンピラを連れて去っていった。あんなに昔のことが、今役立つとは……。

そのあとは客も戻り、ヤキソバは完売、ビールも途中で追加したがそれも完売し、この日の売上は二十一万円になった。

めぐみと次の日の食材を調達し、家に帰った。立ちっぱなしだったので、二人ともすっかり疲れていた。

「大阪時代のこと、役に立ったね」とめぐみが言うので、「もう忘れたよ」と俺は答えておいた。

まだ明日と明後日、祭りは二日間ある。二日で四十万円が目標だ。だが結果はそれを上回り、二日で四十八万円も売れた。大成功だ。あのヤクザのオサムが、「組で食います」と百個パックも買ってくれたこともありがたかったのは事実だ。

「先生、あの時、俺たちに毎月小遣いくれて、ありがたかったっす。ですから少しでもお役に立てれば」

オサムはそう言って、「姉（アネ）さんも、あいかわらず美しいっす」と付け加えた。義理がたくて可愛い奴だ。

「ありがとう、オサムちゃん」

めぐみも嬉しそうだった。

祭りの三日間が終わったあと、居酒屋「ゆきこ」に二人で行くと、ママと常連さんたちが歓迎してくれた。

「大盛況だったようね。よかったねえ」

「はい、ママさんと皆さんのおかげです」

「いや、あなたたちの努力の成果よ」

その晩は、遅くまで飲んだ。


「米子がいな祭」のあとは二日休んで、次は島根県に足を延ばして、松江城の「お城まつり」に出張販売だ。松江は米子から車で三十分ほどのところにある武家屋敷の町で、あの小泉八雲（ラフカディオ・ハーン）も愛したという。昔ながらのお堀と漆黒のお城が市の真ん中にあり、米子とは一味違う素敵なところだ。

お祭りでは、お堀の前の道路を武者行列が通る。ヤクザのオサムの気遣いで、俺たちは一番いい場所に店を出すことができた。米子の祭りに来ていた人たちもいて、ヤキソバは行列ができるほど売れに売れ、八百玉が五時間で完売となってしまった。

材料がなくなってしまったので、俺とめぐみは早めに店をたたみ、お堀の屋形船に乗って息抜きができた。

「明日は千二百玉、用意しよう」

「そうね、全部売れると思うわ」

二人でゆっくりデートをするのは久しぶりだった。

松江城のあとは、境港、倉吉、鳥取市、兵庫県豊岡市のお祭り、そして出雲大社の大祭礼などに足を延ばし、各地とも売上は順調で、初期投資は約一ヶ月で回収できてしまった。そして、米子の商店街の一角に店舗を出そうかという話もし始めた。

そんなある日、大山寺の祭りの途中で雪が降り出してしまったので、店をたたんで帰る途中のことだ。俺が尿意をもよおして道路脇に車を停め、小用をして車に戻る時に、ゴミ捨て場にあるケーキの箱の中から、小さな声で「キューキュー」と鳴き声が聞こえた。箱を開けてみると、生まれてまもない子犬が三匹入っていた。しかし二匹はすでに冷たくなっていて、その二匹の下で一番小さい子犬だけが弱々しいが息をしていた。俺は子犬を抱き上げて車に戻り、めぐみに見せた。

「まあ、可愛い！　家で飼おうよ」

俺も同意して、めぐみが毛糸のマフラーでくるんで胸に抱き、家に連れて帰った。まだ目も開いてない、本当に生まれてまもない子犬だ。

家に着いたらすぐに暖房をつけ、温めたミルクをスポイトで口に近づけると、チューチュー吸った。それからどんどん元気になって、一ヶ月ほどでコロコロ太ってしっかり歩けるようにもなった。

車でヤキソバ販売をする時も一緒に連れていくようにしたら、やがて「ワンコのいるヤキソバ屋さん」と評判になり、犬目当てに買いに来てくれるお客さんも増え、売上はさらに伸びていった。

名前は「ゴン太」だ。二ヶ月ですっかり大きくなって、めぐみの尻ばかり追いかけるようになった。俺よりめぐみのほうが好きらしい。めぐみが「ゴン太はあなたに似て、女の人のほうが好きなのねー」と頬ずりすると、ゴン太はその頬をペロペロと舐めた。

ゴン太はどんどん成長し、俺たちと一緒に車に乗って販売に行き、お客さんが来るとシッポを振って愛嬌を振りまいて、すっかり人気者だ。「可愛い！」「看板犬だね」と評判が評判を呼んで、遠くからもわざわざヤキソバを買いに来てくれるお客さんが増え、売上は倍増した。「ゴン太のヤキソバ屋」と呼ばれるようになり、地元テレビ局の取材も来るようになって、テレビで紹介されるとさらにお客さんが増え、毎日行列ができるほど大盛況になった。忙しくてなかなか休業日も取れなくなった。

だから、めぐみの体調が少しずつ変化しているのを、俺は気づいていなかったのだ。そしてあの日……。

いつものように車に食材やビールを積んで出発しようという時、「おーい、そろそろ行くよー」と外から声をかけたが、めぐみの明るい返事が聞こえてこない。トイレかな？　と家に入ろうとすると、玄関でめぐみが倒れていた。声をかけても返事がない。心臓に耳をつけると動いていたが、意識がない。すぐに救急車を呼んだ。ゴン太が心配そうにめぐみの手を舐めていた。

救急車が到着し、ゴン太は隣の家の奥さんに頼んで、俺は救急車に一緒に乗った。

医大病院に運ばれ、集中治療室に入ってから一時間、医師が出てきて俺に言った。

「ご親族には連絡されましたか？」

「親族は私一人です。夫です」

「では、お入りください」

なんとなく冷たい感じのする声だった。

酸素マスクをつけられためぐみは、白い顔をしていた。

「もう難しい状態になっています。酸素マスクをはずしますので、最後のお別れをしてください」

医師にそう言われ、俺はめぐみの手を握った。めぐみの手は冷たくなり始めていた。

「めぐみ、死ぬな！　俺は、俺はどうしたらいいんだ……！」

すると、意識のないはずのめぐみの目が少しだけひらき、唇が動いた。

「ありがとう」

そう読みとれた瞬間、めぐみは目を閉じ、脈や血圧を示すモニターの波形がなくなった。

「午前八時四十八分、ご臨終です」

医師が告げた。

めぐみが逝ってしまった。俺のめぐみが死んでしまった。あとでゴン太を預けた隣の人に聞いて驚いたのだが、ゴン太はめぐみが息を引きとったのと同時刻に、空に向かって「ウォーン！」と遠吠えをしたという。動物の勘なのか、置いていかれた悲しさからなのかはわからないが、事実だ。

俺は全身の力が抜けて、めぐみの葬儀の手配もできず倒れてしまった。かろうじて連絡ができた居酒屋「ゆきこ」のママが常連さんと一緒に病院に来てくれて、めぐみの葬儀から何からすべて手配してくれ、ようやく少し回復した俺は、常連さんに抱きかかえられて葬儀に出る状態だった。


火葬されためぐみの遺骨と向き合うだけで、何もできない状態が約一ヶ月続いた。ゴン太は「ゆきこ」のママが自宅で飼ってくれることになった。食欲もなく、めぐみの遺影を見て泣いてばかりだった。もうヤキソバを売る気もない。車も処分した。

ママの厚意で、めぐみの墓を市内が見下ろせる高台の墓地に建て、四十九日に納骨をすることになった。当日はママと常連さんたちが集まってくれて、無事に済ませることができた。俺はみんなにお礼を言って、誰もいない家に戻る。机の上のめぐみの遺影は笑っている。それを見て、俺はまた涙が止まらなくなった。

何もする気が起きない、体に力が入らない。俺は酒に逃げた。しかし、酔っ払えば少しは気がまぎれるかと思ったが、逆だった。飲めば飲むほど悲しくなる。泣きながら酒を飲む毎日を過ごした。外にも出ないで、ずっと家の中で酒に溺れる日々。「ゆきこ」にも顔を出さなくなり、ただただ遺影の前で酒を飲む生活。食事もまともに取らないで、酒びたりの毎日。

酒に溺れる俺は、そのうちに隣の家の人からも変人扱いされるようになり、近所づきあいも途絶えた。アル中の病人だ。このまま死んでもいいと考えていた。やがて貯金も底をつき、家賃が払えなくなり、三ヶ月滞納して家を追い出された。そして、またホームレス生活が始まったのだった。

寝ぐらは米子駅裏の公園にした。田舎の町にはホームレスなんてまずいない。公園でカップ酒をチビチビ飲んでベンチで寝る。「コジキがいる！」という子供たちの声や、その親が「浮浪者だから近寄っちゃダメ」などと言っているのが聞こえてくる。しかし俺は何を言われても気にしなかった。

食い物に困ってわざと万引をして逮捕され、警察でメシを食ったこともあった。ただ、まさか冤罪の強盗致傷で逮捕されるなんて思ってもいなかった。しかし俺は逮捕され、懲役五年で刑務所入り、というわけだ。

人生の終末を見つめて

服役したおかげで、俺は酒とタバコを絶つことができた。そして服役から二年六ヶ月で模範囚として仮出所になった。出所してからも、こうして「回顧録」を書き続けている。

住居は県営住宅に入居でき、田中さんという保護司の監督の元で二年半過ごすことになった。田中さんは民生委員をやっていて、市役所に生活保護の申請もしてくれた。おかげで最低限の生活はできるようになった。しかし仕事については〝前科者〟のレッテルを剥がすことはできず、面接を何社も受けても「残念ながら……」の回答ばかりだった。俺は一生〝前科者〟のレッテルにつきまとわれるのか。田中さんも仕事先を探してくれたが、どこも断わられたそうだ。

そして、米子市役所の生活保護のお世話になりながら二年半を過ごし、晴れて刑期を終えることができた俺は、もう六十歳を過ぎてはいるが、介護職に就くために専門学校に入学した。学校は若い女性が多く、こんなおっさんは俺一人だったが、六ヶ月間一日も休まず通った。この六ヶ月間は引き続き生活保護の給付を貰えたので、生活はなんとかなった。

こうしてヘルパー2級の資格を得た俺は、実習先の介護施設に入社できた。もう〝前科者〟のレッテルは消えていた。介護業界は人手不足であり、資格があれば年齢に関係なく採用してくれるのだ。この会社も定年は七十歳だそうだ。

なぜ俺がこの仕事をやろうと思ったのか。それは、「親孝行したい時には親はなし」だからだ。若い頃、親に迷惑をかけ、勘当されてからもう四十年以上音信不通となっている。以前、一度だけ実家を見に行ってみたことがあるが、そこには別の家が建っていて、表札にも違う名前が書かれていた。たぶん両親はもうこの世にいないのだろう。めぐみが死んで一人ぼっちになった俺も、あと何年生きられるかわからない。だから、最後の仕事としてこの職を選んだのだ。

「あなたは私の分まで生きて……」と、めぐみが言っているような気がする。

「あなたにはまだやるべきことがあるのよ……」

「ああ、もう少し頑張るよ」

しかし、介護の仕事は簡単ではなかった。

最初は、俺が専門学校に行っていた時に実習をやった施設で二年間働いた。ここはマンモス施設で、特別養護老人ホーム、つまり重度の障害を持つ方たちのための施設だ。施設内は病院の病棟のような感じで、ほとんどがベッドに寝たきりの方だった。口から食べられず胃に穴をあけホースから流動食を入れる人、盲目で全身マヒの人、重度の認知症で「アーアー」としか話せない人など、とにかく大変な介護現場だった。お風呂に入れたり、排尿・排便のお世話をしたり、とにかく俺は心も体もクタクタに疲れてしまった。

ここで二年働いたあとは、デイサービス部門に移った。ここは楽しかった。朝、車で利用者宅に迎えに行き、夕方に家まで送る。元気に歩ける方がほとんどで、施設で風呂に入ったり、食事をしたり、ゲーム、カラオケ、おしゃべりを楽しんで家に帰るのだ。俺は前の職場との違いを身をもって感じ、ここでは楽しく仕事ができた。

そして俺は、昔住んでいた神奈川県相模原市に戻ってきた。めぐみの遺影と、居酒屋「ゆきこ」のママに預けていた愛犬ゴン太を連れて――。

これまでの人生で、たくさんの人たちと出会い、別れてきた。そして唯一の親友もできた。あの追突事故で出会ったサングラス男、元ヤクザの佐々木だ。彼と知り合ってからもう二十年以上が経っている。

誰の人生にも、いい時も悪い時も必ずある。いい時をどれだけ続けられるか、悪い時を頑張って乗りきれるか、他人に対していい自分をどのくらい出せるか、それがその人の価値だと思える。誰でもいずれ必ず死を迎えるのだから、死の直前に「いい人生だった」と感じられるかどうかだと思う。

介護職経験はもう七年になった。これを俺の人生の集大成としたいと最近思うようになってきた。これまで迷惑をかけてきた人々に罪ほろぼしをしたい。それがこの仕事だと思っている。なかなか言うことを聞いてくれないお年寄りのことは自分の父、母と思い、「お父さん、お母さん、今まで俺はワルばっかりしたけど、本気で償いますから、お願いだから、少しだけでもいいから言うことを聞いて」と心の中で言いつつ働いている。

神奈川に帰って就職したのが「グループホーム青空」というところだ。知的障害者九人の男性を相手に夜勤をやっていた。夕方五時から翌朝九時までの勤務だ。昼間はみんな軽作業の作業所に行っているので、夕食を作り、夕方五時に風呂を沸かし、みんなが帰寮するのを待つ。五時半に帰ってきたら、一人ずつ風呂に入れ背中を流す。九人全員が出たら夕食を食べさせ、洗濯をする。そして就寝前の薬を服用させ、夜九時に各自の部屋を消灯、戸締まりをする。十時から二時間ごとに巡視をする。深夜に日報をつけ、各自のカルテを記入する。朝は六時に起床させるが、その前に朝食を作っておく。各自、着替えをさせ、体温、血圧、脈拍を測る。朝食を食べさせ、各自に部屋を掃除させる。各自の手帳に申送り事項を記入し、朝八時半に迎えの車に乗せ、戸締まりをして帰る。この繰り返しだ。

夜勤中に何事も起きなければいいのだが、必ず何か起きる。寮生同士のケンカだったり、隠れて酒を飲んだり、タバコを吸う者がいたり、脱走するのもいた。二十代から五十代までいるが、知能指数は小学二年生程度だから、小学校の担任教師の気持ちで対応しなければならない。

日曜日の昼勤をやったこともあった。朝食後、男九人を連れて散歩に出かけた時のことだ。みんなで川沿いの道を歩いていると突然、一人が柵を乗り越えて川に飛び降りてしまったのだ。浅いドブ川で膝下くらいの水位しかないが、なんせドブ川で汚い。俺は他の八人に「みんな、そこを絶対動かないでよ！」と叫び、川に飛び降りると、川に入っている男を引き上げた。

「なんで川に入ったの?」と聞いたら、「川にザリガニが見えたから、つかまえて焼いて食べよう」と答えた。

男も俺も、泥とヘドロで服はベチャベチャ。散歩はそこで終了となり、ホームに帰って風呂を沸かして洗ってやった。服は洗濯、靴も洗わなければならなかった。

平日の彼らの昼食は、作業所でコンビニの一番安い弁当が出るのだが、日曜日は作業所がお休みなので昼食抜きとなる。食べ盛りの男が多いのに昼食が用意されないのだ。だから「腹へったー」の合唱が始まる。

「なんで日曜は昼抜きなんですか?」と、俺は社長に聞いた。すると、「連中は大して動いてないんだから、一日二食で充分」と言っていた。

俺はみんなが可哀想になり、スーパーでヤキソバとおにぎりを自腹で買って食べさせた。みんな大喜びでガツガツ食べた。しかしそれが社長に伝わり、俺は社長から叱責された。

「あの連中の保護者からは、日曜日の昼食代は貰ってない。勝手なことをされたら困る。水でも飲ませておけばいい」

この社長は本当にケチだった。介護福祉には絶対に向いていない。

俺は日曜日の勤務を切られ、その三ヶ月後にはこの施設を辞めた。その後、この会社は潰れた。理由は、社長の息子が専務をやっていて、女性のホームの施設長だったのだが、女性入居者に性的暴行をしたことと、社長自身も補助金不正受給と脱税をしていて逮捕されたからだ。新聞やテレビのニュースで大々的に報道された。

そして、俺はまた無職になった。

二ヶ月後、別の施設に就職した。ここは介護付有料老人ホームだ。この業界は人手不足が深刻で、外国人の介護士も多く、この施設にはタイ、フィリピン、シンガポールから来た人がいた。

そして、ここでも事件が起きた。言うことを聞かない入居者を、タイ人の女性介護士が殴ってしまい、大ケガをさせたのだ。これは外部にはもれずに済んだが、その翌日、ベトナム人の女性介護士が誤って別の人の薬を入居者に飲ませてしまい、結果その人は死亡してしまった。

これはさすがに隠蔽できず、大きなニュースになった。俺は「ここはヤバイから辞めよう」と退社したのだった。

すっかり〝介護渡り鳥〟になっていた俺は、次の就職にグループホームを選んだ。ここは生活保護世帯で貧困家庭の方を入居させる施設だ。独居老人やホームレスを収容している。俺もホームレスをずいぶんと経験したので、他人事に思えなくて入社した。自分の将来を見る気持ちだった。

俺がここで勤務し始めて一年間、誰一人、面会は来なかった。男性五人、女性四人が入居していて、息子や娘がいる人もいたが、一度も面会がないのだ。入居者は皆、寂しく悲しい表情で暮らしている。ここは〝現代の姥捨て山〟だと思えた。核家族化が進み、自分の両親を一人ぽっちで施設に放り込んで自分たちの生活を守る、そんな時代になったのだ。結局「年寄りは早く死んでくれ」なのだろう。息子や娘は遺産相続のことしか考えていない。しかし現実に、日本が超高齢化社会となったために、国は年金を払い続けることに苦悩しているのも事実だろう。だから国としても、「年寄りは早く天国に逝ってくれ」なのだ。

そのためか、この施設は入居者が病気になっても最低限の治療しかしなかった。自然に死を迎えるように介護をするのだ。俺が勤務し始めて一年間で八人が亡くなった。病死も老衰もある。市役所に連絡し、遺体を搬出する。するとすぐに次の入居者が入ってくる。この繰り返しだ。

その中で、俺が親近感を持って接した老人が一人いる。その人はガンの末期だったが、俺の人生にとても似ていた。大会社の幹部だったが、仕事でつまずきホームレスになり、その末にここに来た。俺の人生を見ているようで切なかった。家族からも見捨てられ、あとは死を待つだけ……。そして、その時が来た。

俺が夜勤の日のことだ。この人は三日前から食事も水も入らない状態になり、酸素吸入器を付けられ、三十分ごとに生死確認をする必要があった。そして夜八時半、呼吸も脈も停止した。七十八歳だった。

顧問の医師に連絡し、医師による死亡確認をして、俺が立会者の印を押す。そして市役所のケースワーカーに連絡し、市の指定葬儀社がやってきて遺体を搬出していく。一連の必要作業は二時間で終わってしまった。俺は部屋を消毒、そして片付けと清掃をした。ベッドの横の戸棚の上に、奥様の遺影があった。明日夜勤明けの帰宅途中、市役所に遺品を届けるのも俺の仕事だ。俺も将来こうなるのだろうと考えた。

結局、一年勤務してこの職場を辞めた。精神的にも体力的にも疲れてしまった。だが、少し休んでまた仕事をやる元気が出たら働くことにする。

俺はめぐみの遺影に、「それでいいかい？　少し休むから」と伝える。

「あなた、ゆっくり休んで。一生懸命頑張ったもんね」と笑顔のめぐみが言ってくれた気がした。

「もう一度やる気力が出たら、やるよ」

「そうね。そんなあなたが好きだったわ。でも無理しないで、できることだけやってね」

「ああ、わかった」

そして三ヶ月後、入社した施設で、俺は夜勤の専従介護士として今日もお年寄りと接している。無理をしないでできることをやっていこうと、今、夜勤の中でこの筆を擱く。

完

著者プロフィール
新井 多志郎（あらい たしろう）

生年月日　昭和27年3月26日
出身地　東京都
学　歴　東京大学卒業
職　歴　株式会社 三菱銀行勤務
在　住　神奈川県相模原市

流転

2021年2月15日　初版第1刷発行

著　者　新井 多志郎
発行者　瓜谷 綱延
発行所　株式会社文芸社
〒160-0022　東京都新宿区新宿1-10-1
電話　03-5369-3060（代表）
03-5369-2299（販売）

印刷所　株式会社フクイン

ISBN978-4-286-22299-8